커다란 하양으로

커다란 하양으로

강정 시집

민음의 시 287

민음사

어두운 동굴 속에서
백호 한 마리를 본 것 같았다

그곳이 동굴이 아니었을 것이거나,
백호는 그저 바윗덩이였을 것이거나,

어쨌거나, 울음소린 분명했다

2021년 8월
강정

차 례

5부

만약 내가 설계했다면 태양을 만들지 않았을 것입니다.
태양은 너무 밝고 뜨겁습니다. 만일 달만 있다면 읽기와
쓰기는 없을 것입니다.
— L. 비트겐슈타인

1부

왼손 미사

백지 위에서 오른손은 한갓 환상통의 여윈
공기 속에 뿌리내린 투명한 풀잎

왼손으로 붓을 들어 점을 찍는다
쨍그랑 유리 깨지는 소리 안에서 끄집어낸 침묵을,

점을,
점점이

오래 바라보다 눈이 감긴다

왼 눈꺼풀 안쪽엔 푸른색 바다
눈꺼풀 바깥엔 갈색 탁자

오른손이 사라진 자리에 끼워 넣은 왼손
사방이 역방향으로 휘어져
흉부에 꽂힌 세계

오른 눈꺼풀 안쪽엔 붉은색 의자

눈꺼풀 바깥으론 해변을 달리는 초록색 기차

점의 반대편에 점을 또 하나 찍는다

바다 속으로 돌진하는 기차
탁자 위에 올라 천천히 걸어 다니는 의자

오래 감았다 뜬 눈엔 노란색 빗금이 수직으로 번진다

땅과 하늘 사이 곡선을 지우는
오른손의 그림자

왼손으로 움켜쥔 첫 번째 점
강직이 일어난 시체처럼 다시 펴지지 않는다

해와 달이 자리를 바꾸는 한낮

오 초의 장식

오 초도 안 되어 보이는 눈썹 팔랑이
실은 오만 오천오백 년 전의 설렘일지 모른다

아름다운 여인의 귓불을 통했거나
죽어야만 볼 수 있는 최초의 나를 본 걸 수도 있다

삶의 비의는
다만 오늘의 죽음을 회피하려는 호사한 장식이려니
그래서 바람은 저도 저를 모른 채 지금을 환하게 흔드는
구나

매 순간 너도 나도 장신구처럼 흔들리며 죽어 있구나

살랑은 그저 살랑일 뿐이지만,
고래 한 마리가 태어나고 죽은 시간이 순간을 흔든 거
라면

뭐라 시를 써도 결국 모든 시간의 반대 얼굴일 것

그이의 진심 따윈 관심 없고
내 거짓의 진짜를 줄곧 물어뜯는

나는 지금 죽어도 좋다

몸이라는 웅대한 거짓말이 숨통을 조여도

죽음 다음은 머리칼에서 풀려난 비녀처럼 뾰족하고 또
렷할 것이니

그래서 나는 지금 열렬히 죽은 채 오 초마다 꼿꼿하다

죽음의 빛의

파리 메트로 샤틀레 역전,
한 남자가 담뱃불을 빌려 달란다

라이터를 건네는 손길이 폭탄을 건네는 기분

살인자이거나 절도범이거나
혹은 마약 판매상이 아닐까

남자가 뭔가를 말한다
이 나라 말을 할 줄 모른다고
다른 나라 말로 답한다

안개를 품은 남자의 눈빛이
호의나 적의완 무관한 비밀을 담배 연기에 섞는다

오래전 봤던 영화를 떠올린다
지하도를 불 지르던 남자를 흉내 내 춤추던 기억이 구름
의 형태를 바꾼다

남자가 담배를 꼬나물고 자리를 뜬다
추레한 행색 너머 이상한 빛을 본 것 같다

남자가 사라진 자리에 오래 서 있을 때
자꾸 지금이 되어 불타오르는 누군가의 시체가 어른거
린다

사람들이 섬처럼 흩어지고

직진해 온 햇빛에 공기가
누가 빚다 만 사람 모양의 주물로 불룩 튀어나온다

사위가 울퉁불퉁 일그러진다

이 나라 말을 할 줄 모르는 내가
이 나라 말관 무관한 말로
해의 꼭지를 여며 손에 든 그에게 불을 빌린다

허공에 하얗고 거대한 책이 펼쳐진다

우수수 떨어지는 글자들이
불꽃을 물고 창공에 물음표를 거는 오후,

불을 빌린 그의 인체 도면을 어쩐지 다 본 것 같다

생시의 입관(入棺)

잠결에 어떤 여자가 말을 걸었다
죽은 누이일 거라 여겼으나 내 누이는 아직 살아 있다

"뭐해?"라고 그녀가 물었던가
답하지 않고 돌아누웠다

등 뒤가 돌연 밝아져
여자의 그림자가 눈 밑을 꽉 채웠다

"가만두고 가 줘"라고 답했던가
그림자 안에서 흰 이빨이 불거져 머리맡이 뜨거웠다

잠들기 전 뉴스에서 본 상어 아가리가 어둠 속에 크게
열렸다

커다란 육식 동물의 내장 속
죽은 짐승의 해골들이 춤추고 있는 모습이
여자의 옷자락에 묻어 부글대는 몸을 덮었다

한낮 진열장에서 본 마네킹이 코앞에서 몸을 부풀리고
나는 더 큰 진열장에 갇히듯 잠을 깼다

급하게 현관문을 닫고 나가는
발자국 소리
창밖 공사장 쇳소리가 먼 기억의 상엿소리로 울렸다

먼 나라에 갈 때 꽃 그림을 사 달라던 누이
그림을 들고 왔으나 영영 못 전할 꽃향기

입관 직전 벌떡 일어나 오늘의 안부를 적는 시체처럼

누이는 멀리서 안전하다
이생은 또 순식간에 이역만리

눈곱처럼 불거진 창밖,
어제의 내가 하늘에서 뛰어내리고 있다

돼지 떼가 몰고 온 상여

돼지들 줄지어 가네
이웃 산을 향하여
무슨 의문 있겠느냐
그저 빨리 빨리 빨리 빨리 가세
── 한대수, 「마지막 꿈」에서

더 말하지 말자더군
먼 곳 산 능선의 굴곡이 일순간,
시커먼 시체로 내 곁에 누워 있는 이유에 대해서도
더 알려고 하지 말자더군
누워 있던 그가 일어나 중얼거리던 말이
잠들기 전 길게 읊조리던 노래의 후렴구를 닮았다 하더
라도
그 뜻을 새겨 묻진 말자더군
새겨 묻지 말자는 속삭임이
더 긴 메아리로 안개를 퍼뜨리고
흘러내린 메아리의 그림자가
다시 내 곁에 누워
죽은 친구 얼굴로 또렷하게 허공 한 점에 탈을 씌운다
하더라도

그 얼굴로 내 얼굴을 바꾸진 말자더군

노래를 지어 부르다가

부들거리는 공기의 파형이 더 오래전 죽은 누군가의 입김을

새벽 비에 섞어 뿌려 댄다 하더라도

더 그리워하지도,

부러 그리움을 참지도 말자더군

이부자리 아래 숯불처럼 고인 어둠이

잠든 배를 갈라

사람 얼굴에 축생의 몸을 달고 방 안을 서성거리게 한다면

이생의 혈육이라 여겨

다만 포근히 끌어안고 제 살 내어 주기만 하라더군

멀리 산봉우리가 금빛으로 불타는 저녁,

능선 한복판에서 우르르 풀려나온 돼지 떼가

밤새 방 안의 소요를 꿀꿀꿀꿀 씹어 먹다가

줄 지어 불에 담근 제 몸을 커튼처럼 창가에 걸 때,

흑암의 깊은 속에서

나는 흑암의 가장 먼 빛을 본 것일 뿐,

어떤 죽음도 이곳에선 제 이름을 뺄대지 않는다더군

나는 죽음의 산을 수태한 것이므로

수평선 너머

바다를 바라보던 목수 노인은 말없이 노기가 탱천했다
얼핏 남 따귀를 치는 것 같으나
결국 당신 스스로 뺨을 후릴 바 다름없는 마음의 살여
울들

열린 귀에 구름을 채워
담배를 피워 무는 표정 너머 수평선만 부러 칩떠봤다

누구에게 서리당한 빈자리 같은 델 은하수 헤아리듯 그
리는 듯했다
스스로 훔친 뭔가를 움켜쥔 손아귀를
남 일 보듯 황망해하는 것도 같았다

그림자에 겁먹어 하늘을 지붕 삼은 구름 무리가 비를
뿌리자
예보보다 더 강력한 태풍이 덮쳤다

죄 지은 바도 없이
죄 지은 자의 마음을 얼굴에 뒤집어쓴 범부의 노역 같

왔다

노인의 눈 그늘 아래 부풀어 오른 태풍의 표정이 그랬다

바위가 날아다니고
수십 년 살이 감나무 둥치가 물구나무 춤을 추고
아랫마을 선착장엔 시체 몇 구가 맨 먼저 해를 맞았다

노인이 지은 집 지붕이 날아갔다
어릴 적 불타던 섬의 날개가 노인의 그림자로 크게 열렸다

지붕에 오른 노인은 오래 말이 없었다
망치질하며 앙다문 잇새의 못대가리 끝에 빛이 번득였다

평생 하고자 하던 말의 뿌리 같았다
나는 안방과 하늘이 직통해 버린 노인의 집을 버리고 서
울로 날아왔다

담배를 물고 한강변에 앉아 수평선 끄트머리가

노을로 번져 피로 스미는 소릴 들었다

시선 끝 생애의 통점으로 떠올라 총부리를 들이미는,
해의 꼬리는 오래도록 빨갰다

커다란 하양으로

역광 속으로 들어간 네 모습이
점점이 부서진 빛의 잔해로 수평을 수직으로 일으켜 세
울 때,

그렇게 펼쳐진 하얀 벽 안으로
칼을 버린 무사처럼 그림자만 길게 늘여 걸어 들어갈 때,

사라진 너의 발자국이
벽 속의 문으로 열려 시간의 줄기를 더 깊은 동쪽으로
잡아끌 때,

빛을 끌어안은 벽 앞 풍경들이
스스로 색깔을 바꿔 오늘의 입체를 먼 날의 평면으로
바다 끝을 부풀리고 있을 때,

저무는 해의 꼬리가
물속에서 부글대는 빛의 씨앗들을 옛 이야기 속 산골짜
기로 다시 땅 위에 드리울 때,

그렇게 너의 얼굴이
　죽음을 삼킨 섬의 형태로 지금 이 자리의 물질들을 액
체로 흩뿌려 놓을 때,

　오래전,
　물 위에 뜬 달을 건지러 들어갔다던 사내에게서 기별이
왔다

　주취(酒卒)였더라도 눈만은 초롱처럼 맑아
　다만 달의 입술을 열고 온 세상을 삼키려 드는 죽음의
내장을 씹어 보려 했을 뿐이었다고,

　하얀 빛이 여직, 죽을 때까지 평평하다
　나는 빛을 가득 끌어안으며 물속에서 물 바깥을 그린다

　목탄 가루처럼 사라진 너의 윤곽 그대로
　죽어 있는 사람들의 얼굴을 살아 있는 오늘의 빛으로
만년살이 물방울 속에 새기는 거다

우는 거미

누굴 찾으려는 건지
누굴 잊으려는 건지
밤새 돌을 깨물려 드는 신음 소리

창가에
사방 연속무늬로 펼쳐 매달린
해골박각시나방의 날개

창 전체가 이미 음조가 뒤엉킨 악보 같구나

어둠 속에서나 이 악물며 전 생애를 토로하는
한 여인의 깊은 통증이
침묵의 너울을 건드린 건가
거세된 태양의 뿌리가
한갓진 별 모양으로 스스로 죽음을 완성한 건가

달은 비틀린 광대의 웃음을 흩뿌리고
별들은 수시로 위치를 옮겨
여명의 첫 색조를 밀반죽하는 동안,

탯줄 태우는 꿈의 밑동을
은하수의 도랑에 띄워 물고기를 낚던 태양이
어느덧 암갈색 털 융성하게 악보를 접는다

문득 손바닥을 펼치니
돋을새김으로 표류하는 아귀 안의 나뭇가지들

온밤을 통째 삼킨 거미 한 마리
햇살 뒤편으로 느릿느릿 사라지고
횡경막 아래 꾹 눌러 뒀던
소리의 시체들이 꽃대궁 같은 나팔을 분다

해의 소용돌이를 그대로 본떠
은빛 실선으로 뒤엉켜 출렁이는 간밤 신음의 뼈대가
유리 혈관으로 또렷하다

달의 독무(獨舞)

펼친 독수리 날개마냥 도사린 능선 사이로
보름달이 떴다

목젖에서 철사를 꼬아 만든 나무 같은 게
삐죽삐죽 허공을 쪼던 참이었다

몹쓸 짓하다 들킨 아이처럼 등을 보였다가
이내 돌아서 달을 마주봤다

눈 깜빡일 때마다
길게 뻗치는 능선 줄기의 잔광이
눈높이에서 하늘을 펄럭이는 저수지의 춤사위 같았다

목젖 아래 나무가 따끔따끔 심장을 찔렀다

누런 녹물 같은 비애야,
잔잔한 저수지 표면에서 빛의 이랑들이 속삭였다

호명인 듯 대거리인 듯

뻐꾸기 울음소리가 이편으로 사무쳐 혀를 달구고

백오십 년 수령의 느티나무가 빛의 단말마를 따라
고요히 몸을 비트는 동안,
입을 동그랗게 벌려 달 삼키는 시늉을 했다

몸보다 큰 그림자가 동쪽 향해 양팔을 너울거리며 긴 밤
을 덮었다

아침 나무 끄트머리에 앉은 까마귀 한 마리
쇳소리 토하며 달이 놓였던 자리에서 제 그림자 추스리
는데,

춤추다 참형된 내 그림자의 본체였을까,

원래 은이었던 수저가 나무토막이 되어
밥상머리에 부식토를 담은 채 놓여 있었다

안와를 가득 채운 저수지는 하얬다

한겨울, 바다의 분진

익사체들의 옷가지에서 뽑혀 나온 하늘 길일까

저물녘 섬 높은 곳에서 내려다본 물살 한 올 한 올이
검은 눈길의 통로를 엮는다

죽음을 돌아 나온 나는
당신 눈 속에서 방금 꺼진 수평선의 잔영으로

또 한 번 죽음의 옷을 걸친 당신은
포구 끝 바위의 어긋난 상처로

샛노란 빛줄기 안에서 서로 손을 맞댄다

나는
만지면 불을 지르고
지우면 산등성 그림자로 천지를 가리는
당신 목소리의 액화된 음영

물살로 깨우치면 돌개바람처럼 번득이고

빛살로 잊히면 먹먹한 전생의 오늘

저승의 빨래인 양 펄럭이며
해의 날개로 뚫어 낸 하늘이
바다 가운데 황금빛 길을 낼 때,

한겨울인데도 나비가 난다
태양의 눈귀엔
이 섬도 결국 죽음의 밀알 같은 토씨이었던 것

노랑 빛 목소리가
물살 속 괄호처럼 추위를 가둔 빙점 아래 섬에서
한밤 꽃으로 핀 긴 울음의 마디

수태 중인 호랑이가
여태 나비의 중심이다

2부

러닝 타임

네 시쯤 찾으러 오세요,
그래서 네 시 십 분 전 다시 들른
청계천 수선집
사이즈 맞춰 줄인 바지를 종이 백에 담고
이 층 계단을 내려와
골목을 돌아 나오는 나를
누가 불러 세운다
멈춰 서지 않고 귀 기울여 소리의 주인을 찾을 뿐,
갑자기 공기의 주름들이
쫙쫙 펴지는 꼴이
방금 다림질 마친 푸른색 바지의 여울 같다
안구 안쪽의 세계와
홍채 바깥 풍경 사이에 내가 존재하지 않는 건지도 몰라,
동공을 백팔십 도 돌리며 몸 안팎을 살피는 동안
자동차도 건물도 사람도
둔각으로 뭉개져 온통 유리알 속,
날 불러 귀 끝을 잡아당긴 건 안구 안의 소리일까
돌연 입아귀가 이마로 올라붙는다
방금 전까지 강아지였던 물체가

시야에 뜬 푸른색 평지 위에서 날개를 퍼덕이고
바지를 담은 종이 백 안엔 뾰족한 풀들이 솟는다
정수리까지 오른 입이
뒤통수를 향해 거꾸로 말을 거는데,
겉보기보다 다리가 엄청 날씬하다던 수선공 여인의 말
에서
디귿과 니은이 정글짐처럼 엮이고
쌍시옷이 떼 지어 개천 아래로 걸어 다닌다
뉴스를 보며 곱씹던 생각들이
바지를 껴입고 남산 방향으로 뛰어가는 걸 넋 없이 바라
보다
문득, 다리가 사라진 걸 깨달았다
푸른색 바지의 표면이 옥색 물빛으로 일렁이는 동안
거기서 풀려나온 영상들이
어느 건물 광고 스크린에 천만 화소 단위로 스며드는 걸
보았다
종유동굴 같은 게 하늘에 떠
석순으로 굳어 솟은 공기에
형태를 새기는 듯했다

천국으로 가는 계단,이란 옛날 노랠 흥얼거렸고

몸 아래가 축축이 늘어져

그 안으로 층을 쌓는 계단이

목젖을 열고 내 목소리가 되는 걸

날개뼈 아래서 들었다

자다가도 따라 부를 노래의 세 마디가

하늘의 음계에서 누락된 걸까

자꾸만 기본음이 다른 노래가

껑충껑충 계단을 지워

천국의 입구를 찾을 수 없게 됐다

나는 하늘 향해 열려 버린 입속으로

튀어나온 두 눈을 말아 넣었다

통통 뛰는 잉어 떼가 코를 뚫고 춤추는 걸

육각도형의 퍼즐인 양 골똘히 살펴보다

퍼뜩 정신을 차리니 내가 사는 건물 엘리베이터 앞,

시계를 보니 방향도 위치도 다 지워진

수선집을 향해 갔던 시간보다 세 시간 전이었다

어제 본 영화가 갑자기 이해되었다

형제를 죽여 놓고도

자기가 누군지 모르는 살인범에 대해
그게 우리 모두일지도 모른다고 경고하는 영화였다
오전 뉴스에 나온 어떤 남자도 그런 말 했던 것만 같았다
바지를 입어 보니,
수선하기 전 크기가 내 몸에 더 맞았다

보라 선

허공 한가운데 돌연 날렵하게 떠 있는 선 한 줄

햇빛을 감아올린 속눈썹이
눈 안쪽에서 스스로에게 말 거는 거라 여겼다

오토바이를 타고 가던 남자가
스리슬쩍 고개를 갸웃거리곤
급하게 회전해 사라진 뒷자리

웬 여자가 햇빛에 침을 발라
내 안에서 눈매를 고치고 있는 건가

파란 소매 끝으로 눈자위를 훔치자
보이지 않던 핏발이 소매에 딸려
손바닥에 붉은 금을 긋고

억장이 무너져 해가 까맣게만 보이던 때가 새파랗게 떠
올랐다

그때 읽던 글귀들이
울긋불긋 길가 꽃송이들의 눈매인 양 별다르게 곱씹히고

눈썹 아래 단조(短調)로 내려앉는 공기 주름들

눈을 몇 번 감았다 떴더니
알 수 없는 선이 알고 있었던 선으로 여전히 떠 있다

보라
보라
눈매를 다 고친 여자가 속삭이는 소리

잿빛 디자인 사무소 건물 꼭대기에 흐릿하게 그여
빨갛고 노랗고 파랬던
기억의 폐허를
거듭 떠 보라는 듯 보이듯 보이지 않듯 떠 있는 보라색 선

상처를 기운 저승의 지퍼 같기도
상처를 키운 이승의 입귀 같기도 한 저것을

보라 선이라 일컬어 봤다

보라
보라
보이는 것들은 보이지 않는 것들의 보랏빛 선혈

건너편 삼색 신호등이
오로지 한 빛깔로 모든 경계를 포개는 한낮
소리 없는 울음의
나른한 표식,

을 보라

진화론

한 거인이 바다에 퍼질러 앉아 방귀를 뀌었다
깊은 곳의 물고기들이 잠수하던 깊이만큼 키가 자라
섬으로 떠올랐다

냄새를 삼킨 물방울들이 하늘에서 터져 거인의 눈빛을
가리면
잠깐 동안 어둠이었으나,
세고 보니 천년이나 걸쳤다

오랫동안 섬 안에 나무들이 자랐다

거인이 성큼성큼 자리를 옮기는 사이 또 다섯 세기가
흐르고
바다 빛깔이 흙빛이 되었다가
다시 두 세기 동안 붉은색으로 변했다

거인과 맞서 싸운 태양이
제 몸의 살기에 데여 아래 반구를 뒷물하듯 스스로 깎
아 낸다

그렇게 지천에 널려 번진 사금파리는 아직도 거인의 냄
새를 기억하는지
　손에 쥐어 본 모래에서 천사의 눈알이 빛났다

　눈먼 화가에게 그걸 그려 달라 했다

　등짝에 포플러를 가득 심은 고래의 형상이었다
　신을 깨우러 갔었다는 첨언이 주둥이에 물려 있었다

살의 파도
— 박병천 '살풀이' 모창

짐승 심줄 하나하나가 다 현 아니겠나

물길 아래든 하늘 숲속이든
땅을 종횡하는 사람의 눈물이거나
사방 천지 피고름을 옷고름으로 꿰맨 소리의 울렁임 아
니겠나

죽은 자의 오늘로 아랫배 끌어올려
허공을 버팅기는 소리

산 자의 과거로
뒷목에 잠긴 빛을 구름까지 뒤섞는 몸 안의 천지

풀과 짐승이 사람 내장 속에서
더 먼 뿌리를 발바닥 아래 퍼뜨리고
몸 아래위 구멍들이 애초부터 스스로 텅 비었음을 밝혀
하늘의 통로로 접붙네

내가 지금 살아 있음이 살아 있음에 대한 죽음이오,

오래전 그들 죽었음이 오늘 다시 죽음으로 살아 있음을

등과 허리가 목젖을 열어 잡아당긴 십여 분 소리 여울이
불을 물고 물을 토하는 검은 돌의 숨결로 몸 안 바다를
출렁이게 하네

이 몸 아니나,
이 몸을 모두 통과해 낸 어둔 빛의 곡예가
이 몸의 전생을 짐승의 육질로 입맛 돋게 하네

물의 탑으로 솟아
물의 속살들을 천방만방 펄럭이게 하네

뱀을 만난 길
—J에게

석양이 검은 물 먹고 다 타 버릴 녘,
걷던 길이 뚝 끊기는가 싶더니 꾸불꾸불 꿈적인다

어둠에 잘려 버린 게 아니라
더 깊은 어둠으로 들어가려
스스로 목덜미 자르며 숨어 버린 길

홀연 눈길 뺏는 빛이 있어
총총 떠다니는 별인 줄만 알았다
그렇게 수억 년 전 사산된 우주의 기별인 줄 알았으나,

눈 감고 보니 더 깊은 내 안의 미로
끊어진 건 길 아닌
내게로만 되말리던 내 발걸음

배배 꼬인 미로의 줄기를 천상의 장신구인 양 온몸에 두
른 채
  무섭도록 다정하고,
  죽고 싶도록 또렷하게,

모든 시간의 얼굴로 너는 왔다
심장과 뇌가 자리 바꾸는 소리로 왔다

마천루 숲이든 들불로 탔다 다시 엉킨 억새 숲이든
내가 태어나기 전부터
어둠의 비늘들로 피부의 무늬를 둥글둥글 꽃 피우며
죽은 자의 얼굴,
산 자의 뽀얀 눈 봉오리로 화들짝 왔다

잘린 줄 알았던 길이
그 눈 끝에서 다시 깊은 원의 꼬리를 문다

납작 누워 있던 죽음을 삼켜
벌컥벌컥 용솟음치며 고개 쳐드는 큰 뱀의 아가리 속으
로 나는 들어간다

죽음의 고도(孤島) 한복판에서
끝난 줄 알았던 길의 과거를,
은빛 검은빛 시간의 무늬들을 내 안의 공명으로 퍼뜨리며

삼킨 해를 몸에 발라 뱀의 자손이라도 되려나

이 몸이 오래전부터 그 안의 수정란으로 울고 있었음을
매섭도록 화사하게 눈 끝까지 추어올린 네 입속에서 오
늘 알아 버린 것

나를 삼켜 어둠의 길을 둥글둥글 넓혀라

꼬불꼬불 분탕질된
죽음의 수로에서
산 자들의 헤엄이 별을 나르는 춤이 되게 하라

유리 전차

창밖
멀리 내다본 풍경 끝에
구름의 다리들이 천체를 빨아 마셔 곧추선 유리관 속 그림들을
나는 태어나기 전에 그린 적 있다

하늘의 이마를 뚫고 거꾸로 선 나무뿌리가 담긴 관
꽃들이 하마처럼 짖어 대며
태양의 심줄을 주렴인 양 늘어뜨린 수천수만의 유리관 속으로
전 생애를 무한 반복 탄주하는 관

나는 오래 앓다 이내
몸 밖으로 튀어나온 나를 본다

하느님을 만났다는 사람인가
하느님이 되겠다는 유령인가

양손에 투명하고 긴 창을 든 그를 나는 다시,

내 몸에 얹었다

창밖에 비친 내가
창 안에 잠든 나를 겁간해
내가 여럿이 되었다

창밖 유리관들이 구부러진다
수평도 수직도 계속 구부리다 보면 이내 원이 되고,
원을 계속 쥐어짜고 뒤틀다 보면
예각과 둔각이 피차 소실점이 되는
무한 십이면체의 전차가 된다
나는 거기 탑승한 유리의 씨앗

해를 향해 달리다 해의 무한 반복체가 되고
색의 모든 면을 그리다 새카만 어둠이 되어
불빛이 칼날로 변하는 심장을 하늘에 투사하리

창 안에서
나는 오래전 죽었다가 다시 살아난 사람을 따라

스스로를 깨뜨린다

사방이 거울이고

내가 없는 거울들이

또 둥글게 부푼다

창밖에는

달 표면 빗금 그어진 틈 속에 유리관을 입에 물고 그림 그리는 아이

세 번째 생애가 와장창 깨진다

유리알 씹어 먹으며 다시 거울이 되는 아이

거울 속에서

자기 얼굴을 계속 지우는 아이

그렇게 온몸으로 깨진 거울이 되는 아이

유리 조각들을 몸에 박고 전차는 달린다

새벽이 오는 다른 방식에 대해 전차는 아무 소리 내지 않는다

벌써 팔십 번째 현생이다

마주 선 창백

우주를 다 쓴 책을 읽었다
그것은 시생대의 자연 풍파 외에
어떤 것도 손대거나 침식하지 않은
돌의 최초이자 마지막 비명(碑銘) 같았다

은빛으로 깎아 낸 공기의 적막 속에 돌은
구름처럼 서 있다

누가 그 안에 살다 갔는지
오래전 파기된 말들이 우둘투둘한 돌기들로 음각된 돌
그 틈새로 실선 같은 그늘이 부푼다

먼 곳 자동차 소음은
언젠가 바닷속이었을 이곳에서
물고기 비늘처럼 투명하게 대기의 점막을 들쑤시는데,

오늘이 만들어 낸 죄의 목록을 펼치며
돌의 입자들을 조각내는 사람의 말들

살갗 벗겨 낸 돌 속에서 솟는 물방울
아무것도 적시지 않고

텅 빈 채 빛의 곡류를 튕겨
사산된 시간들의 안면을 어둠의 꼬리로 지워
그 누구도 아직 쓰지 않은 백지의 풍요로 서슬 푸르게
투명하다

그 속에서 우주를 읽던 자가 실루엣만으로 걸어 나온다

소리 없이 광채만으로,
눈부심 없이 그저 새하얗게,
만지면 폭삭 꺼져 버릴,
구름을 끌어안고 땅 위를 거니는
돌의 순연한 알몸으로

나는 그와 오래전 동침한 적 있다
밤새 쓸수록 더 깊은 밤으로 가라앉아
태양이 끝끝내 감추려 한
탈색된 우주의 이마를 지표면에 새기려던 자

오늘 다시 그를 읽는다

페이지를 넘길 때마다 구멍 난 돌의 돌기만 또렷하게 텅
비어 가는
　우주의 건축물,
　그 원대한 물방울의 끝없는 증발을

해 끝으로의 산행

자신들의 연결망이
태양마저 결박해 버린 별자리의 그림자,
거기서 쫓겨난 유성들의 폭격이었나

불면의 밤을 찢던 곡성이
창가 머리맡 꽃으로 피었다

감춰진 뿌리는 간밤 꿈의 이야기 끝을 되씹으며
앞으로 닥칠 빛의 혼몽을
오늘의 발걸음 밑에 깔 것이다

어깨 위에 투망처럼 걸친 별자리 지도는
태양 아래 까마귀들의 쉼터

나는 무덤을 알처럼 품은 산으로 올라
실패의 궁구 끝에 낙서로 남은 지평선의 예각들을 지운다

검은 새들의 주둥이는 밤새 삼켜 버린 꿈의 말 못다 한
나팔일 것

죄를 다한 생시의 애이불비가

오늘 밤 천둥의 음압을 전 생애의 통점까지 끌어올릴 터다

오수에 잠긴 부처가 긴 혀를 늘어뜨린 오솔길 사이

합장한 손끝이 새의 부리라도 되는 양

되말리는 혀끝에 심중의 칼을 얹고 돌아 내려오는 노을 속

구름의 행진이 선홍색 양파 망처럼

매캐한 그물을 짠다

십자 그늘

희고 검은 건물들 사이를 걷다
새어든 빛의 길쭉한 나신에 다리가 움칠 걸렸다

건물의 끝이 더 높이 솟구친다

새하얘진 맨땅바닥이 절벽의 아가리거나
보행 중에 발목을 붙드는 걸인의 손목 같다

착각이었을 것이나,
마음에서 백억 분의 일 초 동안 죽음을 겪은 다음
착각은 곧 백억 년 만에 재림한 신의 기별일 터,

흰 기둥으로 드러누운 빛의 중심에선 정오 시침 소리

올려다본 건물 모서리가 좌우로 길어진다
다리를 붙들고 머리끝까지 칩떠오른 소름이

하늘에 띄운 백 년 전 내 얼굴

태어나 본 적도 없이 이미 죽은 그가 양팔을 벌려
빛 속에서 그늘 아래로 뛰어내리며 붉은 색 바람을 날리니

그림자 속에서 옷을 벗듯 빠져나온 건물들 사이엔

해의 분진을 핥으며 문득 사람의 말을 지껄이려는,
눈빛이 청색 유리처럼 으깨진
병든 개 한 마리

중음(中陰)의 사령은 늘 죽음 직전의 청명을 품었다

눈물의 모서리

누가 내 불 속에 파도를 감췄나

내 몸이 나를 찔러
화인으로 남은

눈물의 붉은 재

이글거리는 습기 위에
오래전 전쟁터에서 떠밀려 와
불면의 눈썹 끝 가지런히 뼈만 남은 사람들

이 늘씬한 유골들은 어느 시간의 점막이기에
뱀처럼 부드럽고
돌처럼 단단한가

본디 형상 그대로 불멸이고
애초에 없던 살점 그대로 죽은 나무와 같은
불을 먹은 인간들

뚜벅뚜벅 책장 사이를 걸어 나와
글자마다 구멍을 내 거죽만 남은 책들

주방에 쌓아 긴 연기로 없애자

밤은
내가 지워진 만큼만 태양에 구멍을 뚫고
죽어서야 갖게 되는 지상의 큰 눈

나는 그저 떠도는 눈의 반사체들일 뿐
나 자신인 적 한 번도 없었다

마지막 눈부심의 모서리에
칼을 들고 서 있는 웬 여인

3부

군청(群青) 바깥으로

피가 들끓어 쏟아 낸
비가 파랗다
바라보면 투명한데
그려 보면 뜯어낸 바다 표면처럼 새파랗다

피도 불도 나무 껍데기도 씨알만 빼선
햇빛에 쥐어 터진 하늘 뒷자리에 심어 뒀던 걸까

씨알들은 어디 숨겼을까

떼에서 벗어난 새 한 마리 낮게 선회하며
발목으로 써 댄 이름이 그 씨알의 열매였을까

안경 안으로 큰 획을 긋곤
눈 속으로 파고드는 새

두 눈알을 길게 뽑아 뇌수를 열고
온몸을 까뒤집어
허공에 커다란 캔버스로 펼치는 날개의 궤적

흉금과 비탄마저 먼 산의 그림자를 포개
시퍼런 비의 입자로 와장창 푸르게 선과 면을 푸는데,

눈두덩에 적셔 본 빗물엔
푸름만 없이 없는 색이 없다

군청 한가운데 까만빛을 나는 삼킨 것인가
죽음의 항문을 찢어 우주의 배꼽을 생시 중에 꿰뚫은
것인가

모든 입체가 사각 틀 안에 납작이 박혀 버린
유리 판때기 속 압착된 세계

나는 비로소 모든 풍경의 씨알로 비산(飛散)했다

학의 평범한 자태

검은 구름이 삼켰다 뱉는 보름달을
학이 날고 있는 은전 위에 얹어 보았다

막 구름 바깥으로 빠진 달의 이마에
학 날개가 걸치고
어제 내렸던 비가 거꾸로 솟구쳐 먼 바다가 구름 끝에
모였다

낮엔 국기에
빨간 단풍잎이 그려진 나라에 사는 사람과
곰에 대한 대화를 나눴고

저녁엔 석양이 왜 동쪽 하늘에서 배회하는지 따져 봤다

문득 창 밖 기별이 풀다 만 실타래 같아
달이 창 맨 꼭대기 틀에 아래 반구를 씻을 때쯤,
동그란 벽시계를 나무판자에 연필로 옮겨 그렸다

오른쪽 눈은 커다란 나선으로 헛돌고

왼쪽 눈은 울고 있는
노인 하나가 그렇게 탄생했다

은전을 오른쪽 나선에 붙이니
나무판자가 둥실 방 안을 떠돌았다

곰을 태운 학의 부리가 왼쪽 눈을 뚫고 나와 허공을 쫀다

판자 두께만 한 학의 다리가 이 집의 새로운 기둥으로
선다

왼 다리 들고 날개 펴는 학의 뒤태 안에서
자정의 해가 또르르 굴러오는 소리

도시 전체가 한 줌 숯가루였다

왼발의 구도

해의 동심(同心)이 무릇 불의 비 같던 날,

갈림길에 우뚝 서
어느 방향으로 가야할지
누구에게 총을 쏘고
누구에게 꽃을 건네야 할지
왼발은 몰랐다

무릎 안에서 자기 얼굴 찾으려
어제 꿈의 진창 속을 여전히 뒤뚱거리는 왼발
시계를 봐도
밤낮 구분 못하는 천치의 기둥

나란히 서 있던 오른발이 벌컥 화를 내며
장딴지가 올라붙었다
이리가 옳고 저리가 틀렸으니
너의 저리는 그저 갈 수 없는 저기일 뿐이라는 것,

오른발이 방향을 잡을수록

자꾸 허공으로 들어올려지며
오른발의 신념과
오른발의 과오를
오늘 아닌 다른 날에서
불쑥불쑥 끄집어 저기로만 향하는 나의 왼발

계속 나아가며 연신 시계를 가리키는 오른발
그럴수록 반대 방향으로 헛돌며
오른발을 축 삼아 허공에 원을 그리는 외로운 왼발

마음의 눅은 때들이 얼핏 설핏 초록빛이었다가
앞만 보던 눈이 정수리로 올라붙어
이내 붉고 노란 해의 심줄이 발끝의 흑점으로 찍히던 그날,

웬 여자의 전화를 받았다
내 왼 무릎 안쪽에서 밤새 울고 있었다는,
오래전 죽은 춤꾼이었다

시곗바늘이 줄창 왼쪽으로 돌고 있으니

오늘은 다만 기나긴 어제의 짧은 저쪽일 뿐이라고도 했다

전태일 기념관

타다 만 빛이 있어 혹은
다 갚지 못한 빚이 있어 그랬을 거다

흰 빛깔 복어 살을 씹다가
혹시 여기 독이 남아 오늘 내가 죽지 않을까 덜컥 입맛
쓰라려진 것도

여태 다 읽어 내지 못해
췌장 근처 어디
늑막 아래 어디

핏줄에 엉켜 불멸의 기생생물로 자란
하늘의 눈이
새하얗게 부릅뜨고 있는 까닭일 거다

한 끼나마 호사 누리려 홀로 들어선 청계천 복국 집

내장 안에 소용돌이치는 어떤 비명
어떤 불꽃들

끝내 다 비운 뚝배기 바닥의 검고 흐린 나선 속에
누구 눈이 떠 있다

햇살 소음 가리려 귀에 꽂은 음악은
횃불 타는 소리 같고
그 소리 안에 문득 놓인 숨표가 붉다

또 굴려야 할 덩이를 나의 나인 그대들에게 맡긴 채*

태어나기 일 년 전 불타 죽은 이의 말소리가
나 죽은 다음의 일기를 대신 읊어 대는

이곳에서 나는
벌써 한 조각 보도블록으로 오래도록 불빛 독을 게워
낸다

* 전태일 유서 중

짓눌린 날개

사거리가 내려다보이는 십이 층
팔다리를 쫙 펴
새 흉내를 냈다
옷자락에 티브이가 걸려 넘어져
사람 말소리는 그대로되,
수직으로 직직 그어진
푸르고 빨갛고 노란 선들만 화면에 선명하다
사람 말은 알아듣겠으되,
사람 꼴은 검은 면과 색색의 선으로 분해되니
말뜻을 알아들었다는 수긍이
짐짓 앙큼한 술수 같고
면식 있던 모든 꼴들이
우주 어딘가에서 분사됐다 점멸하는
빛의 요분질일 터,
미세 화소 하나하나가
점점이 별다른 말의 입자로 맥놀이하다가
돌연 소리가 지워지며 선들도 사라진다
까맣기만 한 평면에 평소 비치지 않던 내 모습만 돌올하
거늘

필시 몸에 전기가 도는 걸 테다

화면 속에서 떠들던 사람들이 몸속에 들어와

갑론을박 주리를 틀고

그 주파에 맞춰

두 귀가 펄럭펄럭 춤추는데,

중심을 찾는 일렁임인지

중심 없이 흐트러지는 잔망인지 헷갈려할 때,

날개 달고 날아오르려는 사람이

검은 액정 속에서 돋을새김 기어 나온다

스스로 짊어진 날개가 버거운 건가

날개의 찬란함이 스스로를 옥죄

네 발로 길 수밖에 없는 건가

비상의 환희보다는

비상할 수밖에 없는 운명에 홀로 지친 몰골이

음화처럼 떠 있는 공중의 섬에서

날개를 펼쳐야 내려갈 수 있는가

날개를 접어야 걸어갈 수 있는가

두 발을 귀에 대고 몸 안의 전파소릴 들어 봤다

D메이저에서 G메이저로 옮아가는 기본음이었다

배우

마음이 쑥밭 되었을 때
외려 낯빛이 명징하다

말하지도 움직이지도 않을 때
풍채가 쩌렁쩌렁 주변을 품는다

나무이고자 하지 않으나
나뭇잎들이 펄럭이고
강물이고자 하지 않으나
몸 안의 수맥이 바다로 열린다

눈물 흘리지 않으니
이편이 마냥 흐느끼고
무심히 낮은 말을
평서문에 칼로 베듯 얹으니
온몸이 간지러워 웃겨 죽을 지경

이 사람이 곧 다른 사람이고
움직임 또한 다른 움직임의 여울이고 여일(餘日)일 뿐,

무엇이든 그것이고자 하지 않는다
그렇게 모든 그것이고
그것의 다른 얼굴이고
얼굴의 다른 표정이다

제 몸 벗어 놓고 그림자가 말하게 하라
그림자 기워 입고 다른 몸으로 움직여라

나는 그를 배우라 이른다
배우는 자기를 기억하지 않는 사람

나는 나의 다른 사람일 따름,
배우는 기억이 벽에 박힌 못인 양
다른 옷 갈아입곤 다른 옷을 거기 건다

쑥밭일 때 외려 낯빛이 수려하다
마음은 그저 탈 벗어 놓고 쉬기 위한 빈 공간
새로 논을 풀었다고 쑥밭이라 불리는 마을이 북녘에 있

다지 않나

불 지르지 않아도
스스로 불이 되는 나무들의 습성을 배우는 안다

배우지 않았어도 배우니까 안다
다 알아서 무지하고
다 해 봐서 백치인 그

웃음이란 탈을 쓰고 오래 울었다
배꼽이 터져 제 몸이 제 무덤인 줄 알았다

배우는 제 기억을 벽에 박혔다 빠진 못자리라 여긴다
눈을 좁쌀만 하게 줄여 그 안을 본다

쑥밭이 쑥도 없이 구멍 반대쪽에서 끝없다
낯빛은 죽었다 살았거나 곧 죽을 것처럼 기어이 또 찬란
하다

죽은 다음에라도 자기가 누구인지
그 구멍에 입술을 대 피리 불어 알리리

탄생 이전을 부풀리는 공기의 알몸으로
또렷이 사라지리

인형의 화엄(華嚴)

책등 제목들이 네겐 뭐라 읽힐까

고무나무 잎맥들이 언뜻 네 눈에 비쳐
알고 있던 뜻들이
짐짓 명계의 무늬 같을 때,
물끄러미 좌정한 너를 본다

공기의 이파리를 따듯 말 걸어 보니
허공에 얼룩지는 오색 만발 침묵의 봉오리들

그 눈엔 망막도 뇌수도 없어
소리쳐 눈 칩떠도 비밀이고
웅크려 눈 감아도 탄로인 즉,

그토록 너는 꼼짝 않고 부푸는 춤사위의 몸통이구나
가만히 앉아 몸속 실밥만 헤는
동물 모양 식물의 호통이구나

바람이 분다

바람이 불어오는 곳 없이
바람이 너를 흔든다

서로 눈을 떼어 내 손을 잡자
혀를 섞고 다리를 얽어 생명 없음과 죽음 있음을 나누자

촛불 열댓 개는 필수
내가 노래하는 동안 너는 귀를 닫고
내가 죽어 가는 동안 너는 오래오래 본심 없음을 스스
로 물어
불씨들을 나르게
바람에 입힐 불길의 형상을 뜨게

오만 가지 책과 십만 가지 사념들이 해의 모서리를 깎아
대는
오천 일 중 하루

입 닫힌 말들이 침묵의 실을 풀어내고 있다

집 속의 집

내가 살고 있는 집에
내가 살고 있지 않는 집이 더 있다

내가 살고 있지 않으나
나를 통해야만 들어갈 수 있는 집
내가 나를 지나야지만 들어가게 되는 집

내 아버지라 여겨지나 내 아버진 아니고
내 어머니라 여겨지나 내 어머닌 아닌 어머니가
살고 있는 집

형이라 여길 만한 다른 누구도 있다
그 사람을 대하면 내가 사라지고
내가 살고 있는 집이
내가 살고 있지 않는 집이 된다

내가 살고 있는 집에서 잠깐 나와
내가 살고 있지 않는 집 안으로 들어갔더니
내가 살고 있으나 내가 살아 있을 땐

결코 들어갈 수 없는 세상

내가 살고 있지 않는 집에서
사람들은 황토 비늘 같기도,
불에 데어 기포가 돋은 것 같기도 한 피부를
잠깐씩 뒤집어썼다가
불쑥 내가 알고 있는 사람으로 변해
날 못 본 체 지나간다

어머니가 옷을 갈아입고 외출하는 모습을 잠깐 봤다
아버지는 외출한 적 없는데 집에서 안 보인다

몸과 공간이 자꾸 서걱대며
서로 다른 공기 속에서 마찰할 뿐,
내가 살고 있는 집에선 편했던 옷이
내가 살고 있지 않는 집에선
다른 짐승의 껍질처럼 피부를 겉돈다

아버지도 어머니도 못 만나고

내가 살고 있는 집으로 돌아온다

문과 창의 각이 뒤틀려
마름모와 평행사변형들이 집 안 가득 떠돈다
공기는 흡사 수렁 같다

내가 살고 있지 않는 집이 내 안에 있다니
내가 살고 있는 집이 내 안에 더 깊게 많다니

내가 살고 있는 집
거울 속에서 푸른 물이 쏟아진다
형의 얼굴이 사분오열되어 내 몸에 들러붙는데
그때 어디선가 내 이름을 부르고
나는 어머니를 소리쳐 부른다

어머니는 돌아오지 않고,
아버지는 여전히
내가 살고 있는 집에도,
내가 살고 있지 않는 집에도 없다

내가 살고 있는 집엔
붉은 옷을 입은 금발 여자가
복통 앓듯 쭈그려 신음하고
다른 쪽 문을 열었더니
흰옷을 입은 흑발 여자가
금발 여자를 매섭게 쏘아보고 있다

금발 여자가 더 크게 신음할수록
흰옷 출렁이는 흑발 여자의 나비춤이 격렬하게
내 목구멍 안에 박힌다
숨 막혀 소리 지르자
목구멍 안에 쓰개처럼 걸쳐 박힌 나비가
어머니가 외출할 때 입던 옷으로 출렁이며
입에서 떼로 쏟아져 나온다

이 장면이 낯익다
어릴 때 본 어떤 화가의 그림 속이 내 집이었던 것
단정히 개켜 놓은 어머니 옷을 펼쳐

화가가 그림 그린다

화가는 어릴 때 누이를 잃었었다
화가가 색색 안료들을
내가 사는 집 벽에 회칠하고
나는 세 번 정도 죽어 봤던 기억이 떠올랐다
팔다리가 길게 늘어나 온몸 죄어 오는 소릴
형의 귀에서 뺏어 들었다

통로가 좌우 사선으로 뒤뚱거린다
두 발은 동시에 두 걸음씩 허공을 헛딛고
계속 어머니를 부른다
화가가 금발 여자의 신음소릴 떠 벽에 짓이긴다
화가는 눈 코 입 없이 얼굴 전체가 검댕,
열일곱 살 때 스케치북에 황칠했던 그 얼굴이다

바닥에 또 푸른 물이 흥건하다
내가 살고 있는 집이
오래전부터 물속이었던 거라는 생각이 뒤통수를 쳤다

머리통이 목에 대롱대롱 매달려 춤추는데,
그 기분이 과히 나쁘지 않아
이곳이 바로 무덤 속인 듯싶다

화가의 얼굴 뒤에
또 몇 명의 사람들이 검은 형태로만 다가와
커다란 들통에 무언가를 삶아 댄다
온 사방에 김이 올라
흰색 노란색 콘크리트가 누액처럼 흘러내리고
그 위,
적갈색 상자에 밀봉된 음악소리가
뒤뚱뒤뚱 빗금을 긋는다

삐딱하게 놓인 노란 식탁에
들통에서 꺼내진 육질 덩어리

설핏 엄마를 닮았다

나비 떼가 허공에 멈춰 못 박힌다

모차르트 비린내

낮에 하늘을 보다가
속이 울컥 회음부 아랫말을 냄새 맡는다

틀어놓은 음악이 하도 아름다워
뾰족 솟은 건물들이 끝없는 유선으로 펄럭이고

피아노 한 음 한 음이
하늘 땅 사이 분점(分點)인 듯 또박또박
각각의 시간대로 쪼개진다

오백 년 된 용의 그림자
오천 년 된 곰의 동굴

그리고 또 언제인지 모를 사람의 얼굴들

젊은네 얼굴에서 폭삭 늙는 과거와
늙은네 얼굴에서 갈라져 버린 미래

그렇게 또 한 음 한 음 뚜둑뚜둑

오늘의 누혈로 흐너지는
시간의 물빛

거기서 누가 운다

느껴 포근하되 밀쳐 버리고 싶고
차갑되 같이 달궈 자지러지고 싶은

이 유현한 곡률 파동은 칼과도 같아

세상만사
채 빨다 놓친 지어미 젖인 줄만 알던 이,

연산(燕山)의 미친 피가 여직 덜 굳은 것이더냐

창밖에 목 내걸어
그대로 쾅 도로 닫아 걸쇠를 걸어 달라

풍경은 죽음에 갇히고

소리는 멎고

정밀하게 굳은 장차(將差)의 데스마스크가
핏빛 수렴으로
새들의 밀담을 청정토록

해 지는 정음(正音)

잇새의 소리들을 질겅이다
하늘에 떠 버린 건가
정수리가 아정한
어떤 끝이 내려다보인다

촉수 끝엔 줄줄이 소리의 너울

사위 건물들이 지전처럼
흩날리고

곤두선 머리칼 새로
몸의 하부가 우뚝 서

그대로 바람의 축

바람의 허파가 푸른 여울 펄럭여
잠든 독수리 날개로
지평선 양끝을 고요히 말아 올릴 때,

붉은 구름이 간(肝) 모양으로 해를 품는다

땅과 하늘이 소리 안에서
서로 등을 쓸어

독수리가 달에 다 닿았다

4부

찢긴 막

같은 집에서 나와 둘이 극장엘 갔었지

나란히 앉아 있던 네가 홀연 영화 속에 나타났지

네가 앉았던 자리
너는 석상처럼 굳어
다만 눈빛에 튕긴 빛의 입자들만 너의 형태 그대로 울긋
불긋했지

영화 속 기다린 길이
스크린 밖으로 풀려 나와

앞뒤 좌우 검은 점으로만 박혀 있던 사람들이 그 위에
서 꼴을 맞춰 떠돌고

스크린 속 너와
스크린 밖 나의 거리는
손대면 광년이되
가만 바라만 볼 땐 밀착한 서로의 그림자라

너는 영화 속에서 총을 쏘고
나는 영화 밖에서 피 흘리니

옆자리 죽어 있는 네가 내 꿈을 껴입고
어제의 집으로 돌아가 잠든다

눈 떠 보면 이곳은 다시 오래전 영화 속,
사람들과 탈것들이 움직이던 속도 그대로 멎어 있다

방아쇠의 촉감이 지문처럼 또렷해
외투 안섶을 뒤져 총을 찾는다

집 밖으로 나오자
내일 볼 영화의 첫 장면이
전 생애의 필름을 일 초 직전부터 올 당기며
멎어 있던 물체들을 가동하기 시작하니

자, 서로가 숨긴 대사를 각자 다른 외국어로 읊어 대며
또, 레디 액션!

E-D-Am-E

물감이 번진 곳에 책이 있고
다가가면 피부에 전기가 흐른다

불꽃을 튀겨 대는 정신 따위 없다

모공이 꿈틀대며 색 쓰는 소리
열두 살 때 외웠던 반야심경의 둥그런 여음

마룻바닥에 모래를 깔곤 우산을 꽂아
방 안에 바다가 흐르게 한다

(이 모든 정경을 카메라로 찍어 낸 사람에게

자아란

모래 알갱이 속 물방울 같을 것)

3번 줄이 끊어진 기타로
연신 다장조만 짚으며

우울하게 노래하는 남자

죽은 줄 알았더니 살아 있었고
살아 있는 줄 알았더니 이미 죽은 자다

물감 풀린 곳에서 펄럭이는 책장이
서로 베껴 쓰다 혼절한 후렴구만 쏟아 낸다

모래알에서 터진 바다가
우산 속에 고여 파란 불꽃으로 춤추는 그림자

나는 손에 물감을 묻혀 바닥에 네발로 기며 색칠했다

(이 모든 정경을 담아 낸 카메라 액정에

죽은 줄 알았던 남자가 기타를 치며 웃는다

보는 자가 찍힌 자라는 걸

보고 있는 자만 모른다)

어떤 말을 해도 내 목소린 아니다

뇌의 반쪽이 버섯 형태로 부푼다

바닥 그림이 숲으로 자란 거다

귓속, 파도의 침소

촛불 속 고요를 오래 짓씹다

오른쪽 귀가 출렁거리자
왼 어깨에서 바위가 솟는다

촤르르륵 바위에 비늘 돋는 소리

아무도 없지만 곁에서 누가 울고
네 번째 태양이 저물녘 유독 시끄럽다

망막 안팎으로 칠갑되어 도는 필름들
다섯 살 아이와 일흔 노인이 한 얼굴에서 싸운다

기억나지 않는 과거와
기억되어질 미래 사이에서
불 그림자로 부푸는 오늘의 심장

또 추르르륵 시간이 늘어져
죽은 친구의 오토바이가 먼 바다 위를 달려오고

곧 죽으리라 믿었던
내 얼굴들이 부서진다

바위를 삼킨 물살의 두께는 백만 년 된 지구의 소름과
같다

신은 다만 철을 먹는 늙은 아이였을 뿐,
두 손 모아 부른 노래는
뇌우에 치인 하늘의 흉터 아니겠나

불에 지진 손으로 벽에 그림 그린다

벽 속에서 울던 그림자가 꼬리 흔들며
이 방이 숨긴 동굴 속에서 걸어 나오니

불을 다 마신 나는 다시,
태양의 여덟 번째 악절로 새벽의 이끼를 뜯어 먹는다

물이 다 지난 자리에서나 우뚝할 바위가

우둑우둑 태양의 심줄 따라 사람 꼴로 움직이는 동쪽
하늘

붉은 거인의 아랫녘이 이 땅의 새로운 침실이다

까마귀 따라

역병이 덮쳤다, 파리 오를리 공항 부근

다른 시간 속에 격리되어
아직 겪지 않은 밤의 기억과 사람들이 덧칠된 벽화 속

노란 빗금으로 그어진 나의 오늘은
벌써 지나간 내일 같아
낯선 창밖 나무들의 붉은 웅성거림은
소식 끊긴 친구의 눈빛으로 빛난다

촛불에 침을 묻혀 주루룩 흘리던 친구의 말은
달에 못 비쳐
지구 반대편 별똥으로 시야 끝에 이제야 불붙었을까

모든 말의 그림자를 제 옷 삼아
시계 속 먼지가 되었을까

말 통하지 않는 사람들이
같은 말 쓰는 사람보다 더 굳건한 입체로 보여

병마저 화색 아닐까 싶은데,

활로 잃은 바람이
세모나 마름모꼴로 울퉁불퉁 창가에 울을 치고
죽은 황소나 독수리 얼굴 모양이 방 안을 서성대니,

나는 가만히 누워 시차의 동굴 속 화석이나 되려나

노래나 불러 보자
배꼽 아래 궁륭에서 스스로 바벨탑이 되던
오래된 곡조를
처음 배운 장단으로 야금야금 쪼개 보자

창밖이 불현듯 안쪽으로 뒤집혀 내가 나의 바깥이로구나

방 안에서 아직도 창밖을 보며
반 박자 늦춰 내 음조를 따라하는 저 사람의 죽음을
나는 아마 죽어서까지 노래할지도 모를 일

창밖에 뜬 내가 그려 내는 창 안 풍경을
사후의 그림엽서거나
어떤 이의 병통 속 부활의 징후라도 되는 양
걸어 둘지도 모를 일

해가 뜨고
온몸에 밤을 둘러 다른 데로 떼밀어 가는
검은 새 울음소리

돌고 도는 죽음과 회생의 활주로 부근

이것은 새의 눈에 잡힌 느린 초점의 등사(謄寫)일 뿐,

나는 다만, 창가에 가만, 서 있기만 했었다

야금(冶金)된 여명

늦겨울 밤 뒷자리

잠 짧은 개들이 물어뜯은 별자리

이 집과 저 집 사이로 흐르는 암갈색 돌들의 도랑

쇠붙이인지 금덩어리인지 모를 빗살 위 쪼개진 빛 조각들

선잠 끝에 흉곽을 열고 나온 익룡이
가로수 사이를 배회하고

누워 있던 침대엔 어제도 오늘도 자세가 똑같은
코끼리 거죽 같은 게 펼쳐 있다

퍼드득퍼드득 쇠를 문 익룡의 날개 끝에서
뿌리를 하늘로 뒤집는 나무들

침대에서 일어나 제 몸을 툴툴 털어
빈 방 벽 속으로 숨는 코끼리 그림자

내장 드러난 가슴팍 여미며
큰 고함으로 꽃의 비밀을 도랑 위에 흘린다

칼날로 변한 손끝이로다
누워 있던 자리를 떠내 빛의 사면(斜面)을 꿰매세

해는 육각형
코끼리도 익룡도 죽음 지난 자리 작은 빛 알갱이의 포효
였다

귀에 걸린 애련

환청의 잔향인 듯
눈 끝에 설핏 스친 귀밑 백발이
누구,
나 아닌 이의 기척이었나

혼자 멀리 있으나
귀 간질이는 이는 한 얼굴로 여러 몸

구름 가린 나뭇가지가 오래 핥다 놓친 혀끝인 듯
몽실한 거품 같은 모음으로 뒤적여 봤다

꽃은 그저 나무 스스로 버거워 뱉어 낸
줄기 속 어혈진 허사(虛辭)일 터이나,

목덜미에 대궁 같은 연둣빛 핏줄만이 오로지 진심인가
싶던
그이가 떠올랐다

오래 현을 켜다 제 소리 마디에 마음 얹힌 이

왜 더 소리 내지 않니?
입술 동그랗게 모아 나팔 불 듯 하늘로 띄워 보니
음파의 초록 그물로 전생의 일점이 휘감기는 환희라니

같이 보드랍게 죽고자 하는 염망을 사랑이라
깃털처럼 간질여 봐야 하나

지긋이 이편을 보는 옆집 고양이 귀는
기이다란 세모꼴

무덤의 선율이 공기 중에 떠낸
애련의 귀걸이 만지작대며 너는

진공을 장삼 삼아 귓바퀴 속 미늘에 꽃을 건다

안녕, 비둘기

창가에서 꽈악꽈악 우는 소리 들렸다
비둘기였을 거나,
비둘기가 아닐 수도 있었다
쇠락한 돈 후안을 생각하던 참이었다
꽈악꽈악 우는
돈 후안의 마지막 토로일지도 몰랐다
비둘기가
비둘기 아닌 게 되어 우는 것일지도 몰랐다
비둘기 울음이 어떤 음형인지 새겨들은 적 없었다
돈 후안처럼 살려 했던 사람은 몇 알지만,
돈 후안이 어떤 사람인지도
돈 후안처럼 살려 했던 사람이 정말
돈 후안만큼 사는 사람인지도 확신할 수 없었다
쫑긋 선 귀가 내려앉지 않았다
먼 곳 자동차 소리는 언제나 바닷소릴 끌고도 오니
꽈악꽈악 울었던 건 어쩌면 갈매기일지도 모를 일
서울 한복판 창 밖 너머
정말 바다일지도 모를 일
지구를 반 바퀴 돌아

서아시아의 용병이 되었다는 밀항자는
비둘기를 타고 폭탄을 투척할지도 모를 일
돈 후안의 첫 마디는 아무것도 기억나지 않아,였다
내가 늘 스스로에게 하는 말이었고
내가 늘 누구에게도 하지 못한 말이었고
누군가 내게 늘 일깨워 주는 말이기도 했다
꽈악꽈악 소릴 다시 듣고 싶었으나
푸른색만 꽈악 들어찬 하늘엔 참새 한 마리 날지 않았고
돈 후안은 여전히 얼굴이 없었다
구름 사이 노을의 빗면이 스키 스틱 같기도
귀신의 찢긴 혀 같기도 했다
고개 돌려 바라본 현관에 돈 후안이 서 있었다
내가 불러 여기 온 듯도
내가 불려 저기 서 있는 듯도 싶었다
꽈악꽈악 막혀 있던 내 목청의 파사지오가
유리에 손톱 긁히는 소리를 냈다
내일은 태풍 예보가 있는 날이었다

지우개로 지은 집

전하려던 말을 적다가 지우기를 반복하던 날이었다
지워진 말이 더 전하려는 뜻인 것 같아
아무 말이나 적고
아무 말이나 적자마자 아무렇게나 지웠다

생각이 지워지고
지워진 생각이 다시 글이 되고
글이 된 뜻이
전하려던 뜻을 전하지 않겠다는 체념이 되어
백지 뒤가 두텁게 열렸다

집이 일순 넓어지고
창문이 크게 열리고
창밖 소음들이 전하려던 말의 배음으로 번졌다

맞은편 건물이 거대한 입이 되어 벌어졌다

뿌리 뽑힌 나무가 쏟아지고
무너진 건물의 잔해가 철근째 쏟아졌다

집 밖으로 나가는 문이 열리지 않았고
태양의 보풀에서 빛의 누더기를 걸친 채
떨어져 나온 사람들이
나무줄기나 녹슨 철근에 매달려
초록 이끼로 번졌다

집이 무너지는 속도만큼
나는 더 높게 떠올라
나 자신이 더는 알 수 없는 풍경이 되었다

문을 열고 나가려다가 잠시
돌아본 자의 뒷모습이 평생 동안의 나였다

살아 있던 시간이,
모든 시간이 다 지난 다음 조립된
시간 스스로의 관이었던 거다

그림자 교회

속이 텅 빈
검은 십자가

걸으면 그늘을 새기는 빛

섬기면 장난스런 악귀의 눈
받들면 공허의 입

절대 추락하지 않으나
절대 발 뗄 수 없는

평평한 절벽의 끝선

잔돌 부스러기에 놀란 눈앞에
돌연 천리가 뚫린다

태내에서 발돋움하던 빛살을
오늘 다시 받으니

그의 생일은 매번 오늘 아닐까

나는 신을 본 게 아닐까

신이라 불리는 어떤 형태를
그림자 속에서
끄집어낸 것일까

펼쳐진 빈손
마주모아 형상을 빚으면 사라지는 빛

어깨를 짓누르는 빛의 망토

그림자 펼쳐 추락하면
자기를 되짚어 그가 될지도 모를 일

태어나기 전엔 일도 아니었던 그 일을
다시 태어나 힘겹게 되새기는 매일매일의 정오

이 또렷한 낙심이
태양 뒤편의 오랜 소요일 뿐이라는 걸

아직 아무에게도 알리지 않았다

수직과 수평의 결합이
거대한 원의 기준선으로 늘 지워질 뿐이라는 사실 또한,

아침의 굴과 골

어두워지지 않고서야 볼 수가 없지

새벽녘 들여다본 거울엔 눈 코 입이 사라졌고
다시 누운 머리맡엔
막 형태를 짓던 꿈들이 베개 무늬에 베긴 자국으로만 남
았지

아침에 다시 본 거울 속 얼굴이 낯설고
창밖엔 꾸다 만 꿈속 생물들이 사람 꼴로 걸어 다녀

매일 다니던 길이 그림자 암석 사이 골짜기로 드리우면
햇빛은 변기 속에 고인 지난밤의 유액(幽厄) 같았어

구름 떼가 뜯어진 기억의 풀처럼 웅성웅성 걷히고
보다 잠든 영화의 뒷얘기가 만 갈래 속편으로 펼쳐졌어

맞은편 건물들이 줄기는 선명하나
색과 형을 알 수 없는 꽃 덤불로 하늘의 골격을 들춰내고

뿌리 밑 악취와 오물더미가 더 선연한
향기의 배면에서
어둠 속에 뜬 빛의 활로가 어둠의 더 깊은 가면 놀이로
방긋방긋 가짜 웃음을 흘리지

아무도 듣지 않으려던 말들만
살짝 밑줄 그어 놓은 그날의 진실을 나팔 불어 대니
어둠 바깥은 도대체 분명한 게 없군

눈 부라릴수록 캄캄해지는 생시의 굴속으로 햇빛이 달려
눈 부셔 가로막은 손가락 사이

거대한 만화(萬花)의 밑뿌리를 통째 깨물고 입 다문 스
카이라인

턱 뒤의 가면이 더 큰 햇빛이었어

5부

무채

1960년대의 한 남자

그것은 정말 이상한 일이라고밖에 설명할 길이 없지. 지금은 21세기이고 1960년대에 나는 태어나지도 않았으니까 말이야. 그러니 당연히 착각이라 여길 수밖에 없겠지만, 그럼에도 자꾸 그걸 진짜라고 믿고 싶어 하는 마음은 어찌할 수 없겠어.

나는 커서를 왼쪽으로 여러 번 밀어 그 장면을 계속 확인했어. 1960년대 당시 최고의 인기 배우들이 출연하는 영화였어. 배경은 현재 광화문 우체국 부근이야. 주인공들이 실랑이하는 옆으로 한 남자가 다가와. 서른 중반 정도 됐을까. 엑스트라에 지나지 않고, 지금은 이미 죽었을지도 모를 범부에 불과하지만, 그가 잠깐 화면 밖으로 시선을 던져 내 눈과 마주쳤을 때, 나는 침을 꼴깍 삼켜 버렸어. 2초도 채 안 되는 순간이었지만, 갑자기 허공에 팬 구멍 같은 곳으로 온몸이 빨려 들어가는 것 같은 기분에 사로잡히고 말았지. 너무 낯익어서 외려 낯설고 너무 분명하게 눈길을 사로잡아서 모든 게 희미해지는 한 사람의 얼굴. 어디서 봤을까. 으스스하기도 하고 살짝 콧날이 시큰해지기도 했지. 하지만 아무리 기억을 돌이켜도 그가 누구인지 알아낼 수 없었어. 저 영활 촬영하던 당시 젊은 아버지가 저곳을 지나쳤던 건 아닐까. 하지만 영화가 처음 개봉됐을 때 아버지의 나이는 20대 초반에 불과했을 터. 더욱이 화면 속의 남자는 아버지보다 키가 훨씬 커 보였어. 그리고 나는 외관상 아버지와 별로 닮은 구석이 없거든. 어릴 때 아버지에게서 저 영화에 대한 얘기를 들었던 적은 있어. 당시 영화뿐 아니라 주제곡까지 히트를 쳤고, 주연 배우들이 나중에 결혼까지 하게 됐다는 얘기 등등.

처음 보는 영화는 아니었어. 내겐 옛날 흑백 영화를 찾아보는 취미가 있어. 온갖 색깔들이 넘쳐나는 세계에서 화면 속에 역으로 투영된 내 속내를 엑스레이 찍듯 까발려 보는 기분을 느낄 수 있기 때문이야. 도저히 색깔은 믿을 수 없을 때가 많거든. 아니, 색 자체보다 색깔을 규정하고 거기에 취향을 얹어 호오를 나누곤 하는 사람들의 생각을 신뢰할 수 없기 때문인지도 몰라.

바다를 처음 본 건 일곱 살 때였어. 아버지를 따라 낚싯

배를 탔었어. 흐린 날이었고, 파도가 매우 거칠고 드높았었어. 뱃머리 위로 물길이 치솟을 정도였으니 어린 나이에 얼마나 무서웠겠어. 갑판에 납작하게 붙어 있다시피 엎드린 채 벌벌 떨고 있었는데, 아버지는 담배를 피워 물고는 느긋한 표정이었어. 커다란 낚시 가방에 기대앉아선 배가 흔들리는 파동에 맞춰 가끔 고개만 주억거릴 뿐이었지. 마치 춤을 추고 있는 것 같았어. 겁에 질린 탓도 있겠지만, 날도 흐리고 흰 포말로 부서지는 물빛이 꿈에서만 보던 괴물의 혓바닥 같아 모든 게 어둡게만 보였어. 그래서 이후에도 바다를 떠올리면 검은색부터 떠올라. 물론 직접 바다엘 가서 보면 햇빛에 따라 여러 가지 빛깔을 띠지만, 그 모든 변화들마저 단지 기분에 따른 착각에 불과할 거라고 여기게 됐지. 나이 먹어 가면서 그 생각은 더욱 확실해졌어. 바다는 원래 검은색이고 하늘은 원래 노랗다는 착각. 천자문을 교정해야 할까.

불도 마찬가지야. 나는 불이 붉은색이라고 믿지 않아. 세상이 정해 놓은 그 어떤 색깔로도 불을 규정할 수 없다고 믿어. 불은 그저 연소된 공기 덩어리의 춤일 뿐이야. 나는 내가 죽을 때 스스로 몸에 불을 지를 계획이야. 불 속에서 불 바깥을 보면서 죽고 싶은 거지. 내가 왜 그런 생각을 하게 되었는지는 말할 수 없어. 대단한 비밀이 있어서는 아니야. 아무도, 심지어 나조차도 알 수 없는 어떤 거대한 힘이 나를 불 속에 가두어 버리는 상상을 하면 희열을 느낀다는 얘기만 할 수 있을 뿐이지. 아마 그래서일지도 몰라. 내가 태어나지도 않은 시절에 찍은 흑백 영상 속에서 불똥이 튀듯 내 속에서 뭔가 작렬하는 소릴 들었던 까닭은. 영상 속의 그 남자는, 분명 나였거든.

그림 속

하얀 와이셔츠에 헐렁한 면바지(물론, 잿빛 톤에 불과할 뿐 정확한 색을 알 수는 없지.)를 입은 화면 속 남자가 나 자신이라는 확신은 날이 갈수록 굳어 가. 아무도 믿지 않을 거라는 걸 알면서도 최근엔 다른 사람들에게도 그 얘길 해 줬지. 대체로 어이없어 하지만, 흥미를 갖고 이것저것 물어보는 사람들도 없진 않았어. 그 영화 제목이 뭐냐? 혹시 캡처해 두지 않았냐? 확인해 봐서 네가 아니면 어쩔래? 등등.

하지만 나는 아무것도 자세하게 설명하지 않았어. 내가 거 짓말 한다는 게 들통날까 봐서가 아니라 오직 나만이 볼 수 있는 것을 다른 사람들이 볼 수는 없을 거라는 확신(또 는 아집)이 있었기 때문이지. 왜냐하면 그건 근 50여 년을 거슬러 내가 확인할 수 있는 진짜 나의 모습이었거든. 단순 히 외양뿐 아니라 나 (또는 그)가 숨 쉬는 소리나 풍기는 냄 새 따위도 그 영상을 보는 순간, 분명하게 식별할 수 있을 정도였으니까. 내게 이런 일이 처음은 아니야.

수년 전 어느 전시회에 가서도 그림 속에 있는 나를 발 견한 적 있었지. 이번엔 조금만 친절을 베풀게. 고갱의 전시 회였어. 이런저런 그림들을 훑으며 걷다가 그림 한 점에 눈 이 꽂혔어. 여러 사람이 한 테이블에 모여 있는 그림이었는 데, 화면 정중앙에서 약간 위쪽에 내가 그려져 있었어. 일 순, 숨이 턱 막히면서 울음을 터뜨릴 뻔했어. 내가 알고 있 는, 현재라고 믿고 있는 이 불가해한 시간 곡률이 몇 바퀴 회전하면서 나를 그 테이블에 앉혀 놓은 거야. 그 순간, 전 시회장에 있는 나는 아무에게도 눈에 띄지 않았을 거야. 대신, 그림 속으로 들어가 그 지방 말을 하며 같이 모여 있 는 사람들과 어울리고 있는 '그'만이 진짜 나였다고 할 수 있겠지. 귓전에 파도 소리도 들리고 열대의 뜨거운 바람마저 실시간으로 느낄 수가 있었어. 그러고 다시 현재로 돌아왔을 땐, 내 몸은 이미 전시회장을 떠나 있었어.

저녁 어스름 속에 자동차들이 오고가는 길거리가 무슨 영화 세트장 같았어. 뒷골이 저릿저릿하면서도 공연히 울적한 기분이 들었어. 고향에서 내팽개쳐진 것 같은 이상한 소외감도 느꼈어. 어떤 보이지 않는 막 같은 게 있어, 소위 현실이라 부르는 당대의 시공으로부터 나를 밀어내는 듯한 느낌도 들었어. 그 막 뒤에 혼자 떠도는 나는 그러므로 모든 게 허상임을 알면서도 그 허상들 속에 또 하나의 허상이 되어 뒤엉키는, 일종의 이중 스파이와도 같았지. 이미 백여 년 전 이곳이 아닌 다른 곳에서 살다 죽었고, 때로는 50여 년 전 익명의 한 서울 시민으로 살다가 우연히 영화 필름 속에 담긴 채 무시로 현재에 개입되는 존재. 그렇게 생각하니 죽는 것도 사는 것도 다 꿈이라는 옛날 사람들 말이 이해가 됐어. 죽어 보지도 않은 사람이 어떻게 삶을 꿈이라 얘기할 수 있겠어?
꿈에는 색깔이 없는 법이지. 다만, 꿈을 꾸고 있는 의식의 어느 빗면이 기존의 관념을 얹어 이런저런 색깔을 덧칠할 뿐이야. 일출 직전의 바다나 해질녘 비행기에서 바라본 구름 저편의 빛깔을 어떻게 일설로 설명할 수 있을까. 인간은 비록 지구에 살지만 지구를 둘러싼 보다 큰 의식 체계가 인간의 의식 속에 편만해 있다고 믿어. 인간이 감지할수 있는 여러 감각 체계라는 것도 실상은 빛과 대기의 운동에 따른 일면적 착각에 불과할 뿐인 거지. 인간이 당대의 육체 안에만 갇혀 있는 한시적 존재라고 여전히 믿는다면, 그건 지구가 아직도 평평하다고 믿는 것만큼이나 우매하고 이기적인 독선일 뿐이야. 시간은 언제나 뱅뱅 돌고 있을 뿐, 어떤 특정 상태를 시간의 명확한 실체라고 우길 수있는 사람이 누가 있을까.

고양이 꿈속

한낮에 버스를 타고 어딘가로 가는 길이었어. 차창 밖으로 고양이 한 마리가 가만히 앉아 있는 걸 봤지. 신호 대기 중이었는데, 차가 막혀서 한동안 그 고양이를 넋 놓고 바라보고 있었어. 멀어야 5~6미터 정도 거리였을까. 고양이 역시 꼼짝 않고 내 눈을 응시하고 있었어. 그저 예쁘게 생긴 녀석이다 싶어 눈길을 거두지 않았던 건데, 한참 바라보다 보니 이상한 기분이 들었어. 주변 소음들이 일시에 잦아드는 듯싶더니, 고양이의 두 눈이 크게 확장되었어. 무슨 석기시대 동굴의 입구 같았어. 그러면서 사위가 점점 어두워졌어. 생전 처음 보는 암벽과 석순 같은 것들이 잔뜩 나타났고, 얕은 숨을 쉬어도 몇 배로 증폭된 반향이 쩌렁쩌렁 울렸지. 그 위로 버스를 타고 있는 현실의 정경이 신기루처럼 겹쳤어. 짧은 순간이었지만, 수천 광년을 내질러 나갔다가 다시 원점으로 돌아오는 기분이었어. 익히 알고 있던 하나의 세계가 끝나고 또 다른 세계의 문이 열리는 것 같았어. 문득, 내가 고양이를 본 게 아니라 고양이의 꿈속에 내가 나타났다가 사라진 것이라는 확신이 들었어. 원시시대 동굴을 연상케 하는 고양이의 꿈속. 그 안에서 나는 고양이 입장에선 일절 관심도 없는 미미한 석순이나 돌멩이 같은 것이었고, 동시에 그것들의 그림자였어. 별안간 이 세계의 모든 구성 체계가 송두리째 드러나는 것만 같았지. 너무도 선연하고 확실했지만, 말로 풀어 쓰려니 도저히 묘사할 수도 설명할 수도 없는, 현재의 눈꺼풀 안 속 깊이 내장된, 현실보다 엄밀하고 또렷한 시공간.

버스가 출발했어. 창밖은 늘 보던 그 풍경이었지만, 도무지 내가 어디엘 가려고 했던 건지 알 수가 없었어. 결국, 버스에서 내리고 말았지. 10여 년 전 같이 살던 고양이가 떠올랐어. 발정난 후 가출하고선 돌아오지 않은 녀석이었지. 문득, 그 녀석이 최근에 죽었을 거라는 확신이 들었어. 그러면서 동시에 내가 죽을 때에도 누군가의 꿈속에 무슨 생물의 형태로 내 모습이 등장할지 모른다는 생각 때문에 심란해졌지. 그렇게 등장하는 나는 어쩌면 현세에서와 똑같은 모습이 아닐지도 몰라. 앞서 말했듯, 내 몸은 이미 스스로 지른 불로 인해 새카만 잔해만 남긴 상태일 테니 말이지.

다시, 흑백 영상을 봐. 나라고 확신하니 빼도 박도 못하게 나 자신이 되어 버린 1960년대의 한 남자. 그의 삶을 떠올려 봐. 과거의 사람이지만, 현재의 나라고 믿어 버리니 예측할 수 없는 미래만이 남아 버린, 무수히 분산하는 빛의 입자로 영원히 살게 된 남자. 아무리 살펴봐도 나와 너무 닮았어. 이 말은 물론 진심이야. 하지만, 진심이 아닐 확

률도 높아. 내가 나를 규정짓는 일이란 게 늘 그래. 내가 유일무이한 나라고 믿는 커다란 오류가 타인을 타인이라고 제대로 인지하지 못하게 만드는 경우는 숱하게 많지. 그래서 차라리 나는 내가 이 현세에 존재하지 않는다고 믿으려 해. 그래야 더 또렷하게 이 세계가 운행하는 원리에 대해 섬려한 이해심을 갖게 될 테니까. 그래야 더 분명하게 이 몸이 애초부터 죽음을 품고 태어났다는 당위에 대해 순순히 긍정할 수 있을 테니까. 어떤 부분 요소들이 전체를 총합하고 그 전체의 총합이 다시 부분들로 쪼개지지 않는다면, 이 세계는 각양각색의 '나'들로 이합집산하다가 결국 자폭해 버릴지도 몰라. 너무 많은 색이 검은색을 낳고 너무 강렬한 빛이 검은색을 태우듯 나는 그저 아무 색도 띠지 않은 이것저것으로 분화하다가 종국엔 스스로 불을 지를 거야. 몸은 재가 되지만, 몸이 되기 전의 더 커다란 우주의 생태계가 내 몸의 분진들을 통해 모든 시간을 다시 처음으로 되돌려 놓게 할 거야. 그렇게 죽는다고 해서 완전히 죽는 건 아니라는 걸 이미 고양이의 꿈속에서 봤으니까 말이야.

파리의 절규

그래, 꿈. 이토록 전면적으로 육체적이면서도, 실재의 표면에선 커다란 물방울처럼 윤곽 없이 지워져 버리는 시간의 누액 같은 것. 다 비우고 나서야 명료하게 일그러진 내 얼굴만 또렷이 반사시키는 빈 술잔 같은 것.

코로나19가 한국에서 정점을 찍다가 서유럽으로 번지던 무렵, 무작정 파리로 날아왔어. 그토록 적막하고 한산한 공항 풍경은 처음이었어. 기묘한 불안과 공포, 그리고 어떤 거대한 프레임 바깥에서 길을 잃은 것 같은 격리감이 은근 달짝지근했어. 무슨 비밀 임무를 띠고 파병이라도 나가는 기분이었지.

프랑스에도 확진자가 급증한다는 소식은 공항에 오기 전 뉴스를 통해 들었는데, 이상하게 실감나지 않았어. 출국 전까지도 크게 의식하진 않았는데, 연일 쏟아져 나오는 뉴스들이 어째 익숙한 재난 영화 장면들을 편집해 놓은 멀티스크린 속 몽타주 같았던 거야. 방역 조치와 안전 수칙을 나름 순순히 엄수하면서도 공포에 대한 호들갑스런 과장과 그로 인한 불신들에 화가 솟기도 했지만, 바이러스 때문이 아니더라도 그런 일들은 늘 많았지. 사안 불문 모든 뉴스가 재방송 같고, 거기에 반응하는 사람들의 행태가 어느 거대한 권력 체계들이 이리저리 흔들어 대는 거름 체 속 쌀알 같아 보였거든. 집단 광기의 호도 및 디테일이 고의 생략된 사실 해석과 그로 인한 이전투구들. 그 엄청난 재탕 삼탕의 덧씌우기 게임 끝에 다 걸러지고 남는 건 과연 무얼까. 혹시, 애초에 체 자체가 허구였고, 거름망이라 여겼던 철사 그물만이 이 세계의 앙상한 기본 골조라 폭로되었을 때 사람들은 과연 무슨 확증편향, 아전인수의 에너지로 삶의 영욕을 메우려 할까.

내가 어쩌면 이리 쪼개지고 저리 회반죽되었다가 세계 표면에 들러붙은 미증유의 파리 같은 존재 아닐까 하는 생각을 자주 했어. 그렇게 모든 사람이 서로에게 파리가 되고 모기가 되면서도 자신만은 오롯한 인간이라 우겨야만 견디게 되는 삶. 또 그렇게 파리 아닌 파리가 되고 모기 아닌 모기가 되어 짓밟히고 모욕당하는 삶의 내용이 소문의 담벼락에 갈겨진 낙서로 매도당하는 또 다른 누구의 삶. 이런 세상이라면 차라리 파리인간이 되어 사람들 배후를 떠

돌면서 때로 골탕도 먹이고, 부당하게 희생당한 이들을 위해 회심의 복수를 대신해 주고선 나 몰라라 사라지는 반영웅 캐릭터 같은 거라도 되어 보면 어떨까 상상도 했지. 실소나 흘릴 계제지만. 내가 나를 나 바깥에 두고, 세계 역시 나를 외계에서 나타난 침입자쯤으로 여겨 방관하거나 경계하는 상황을 설정해 보면 때로 만사가 명확해지기도 해. 파리 한 마리 얼씬 않는 공항에서 하찮은 파리 따위에게나 나 자신을 투사하는 일. 참 한심한 일이고, 더욱이 초능력을 가진 파리인간이란 언감생심, 과대망상에 불과하겠지만 상상과 꿈, 그리고 그것을 현실 응전이 가능한 자각의 새로운 형태로 수련한다면 불가능하지만도 않겠다는 궁리와 몰두가 최근 내 망념의 핵심이니까.

그러다보면 몸이 가벼워지고 여태 양어깨와 늑골 사이에 굳은살로 박혀 있던 고뇌와 상념 따위가 파리똥만큼도 심각하지 않아 보이거든. 손목에서 거미줄이 뽑혀 나오거나 겨드랑이를 펼치면 갈비뼈를 금속으로 제련해 날을 세운 갈고리형 칼이 자동 착검되는 상상은 열 살 때만큼이나 흥분되는 일이지. 기왕 잘못 설계되어지나, 그릇되게 구성되어지나, 개개인의 고유한 잠재치들을 죽이는 방식으로 전정(剪定)하듯 관리되어 온 인간의 역사라는 게 부당하고 불합리하다 여기는 사람이라면 아마 공감할지도 몰라. 그 길고 긴 망념을 구름 위에 띄우곤 열한 시간 반만에 파리 도착. 며칠 동안 선배의 차를 타고 벨기에 브뤼셀과 브뤼헤, 샤르트르 대성당 등을 나들이하던 중 프랑스 정부에서 느닷없이 모든 거주민에 대해 통행 금지령을 선포했어. 죄지은 바도 없이 수감된 외국인 신세가 되어 버렸지. 숙소에 갇혀 하염없이 창밖만 내다보며 세상 전부가 영화가 된 건지 나 자신이 아무도 보지 않는 영화 속 프레임의 한 사물로 미장센된 건지 헷갈려하는, 초유의 버라이어티가 3차 대전처럼 펼쳐지는 3월 중순이야. 해와 비가 현격한 밀도로 교차하는 생시의 세트장에서 암중모색 분장(扮裝)하라는 지령이라도 하늘에서 떨어진 것 같아. 이 막막하고 낯설고 고요하고 소통 불가능한 시공에서 정말 정의감이나 사명, 역모 심리나 간교 없이 그저 스스로의 능력에 혼자 놀라다가 공허해지는 반영웅 수퍼히어로라도 발명해 볼까 싶기도 해. 이름하여 모노 플라이 앵글맨.

다시, 흑백이야.

창밖 나무나 빨간색 소화전, 가지각색 자동차들 전부가 짙은 목탄으로 휘갈겨 문지르되 선은 세밀하게 살려 낸 데 생 같아. 그리고 총체적 부동. 도시 전체가 마비된 지 4일째 인데, 저것들은 그 이전, 그러니까 처음 탄생할 때부터 저 토록 무채색인 채로 꼼짝 않고 있었던 것만 같아. 그게 왠 지 편안해 보여. 아주 오래전부터 빛도 색도 형태도 없이 단지 윤곽만으로 존재하며 보는 이마저 한낱 갱지 위 얼룩 처럼 소멸하게끔 하는 엄밀한 콘트라스트의 고요한 굴곡 들. 무슨 카메라 포토샵으로 색을 탈거한 게 아닌, 내다보 는 눈썹 끝에서 모든 색이 걸러져 분명하게 대비되기도 하 고 경계 없이 스미기도 하는, 내가 그렸거나, 나를 그린 풍 경들.

죽음이 이상하게 실감 나.

바이러스 탓이 아니라 이미 내가 오래전 죽어 이 평탄한 무색의 세계 속에 잠깐 출장이라도 나온 기분인 거지. 빛 의 가위질에 망각의 주름들이 벌어지며 오래 잊었던 어린 시절이 자꾸 어른거려. 죽기 전에나 올 풀린다는 전 생애의 필름이 전혀 다른 위도와 경도 사이에서 해금된 느낌이야.

이 몸이 정말 아직도 존재하는 건지 궁금해 노래를 불러 봐. 이곳 사람들은 알아들을 수 없는 말, 그러나 전 세계 모든 사람이 느껴 반응하거나 귀를 틀어막을 수도 있는 괴조(怪鳥)의 흉성으로. 아무 뜻도 없어. 감정을 담거나 뭔가를 숙고하려는 의도 따위도 없어. 그저 새하얗게 박멸된 풍경 속에 아직 덜 말라붙은 먹물 몇 방울 흘리듯, 배꼽 안에서 조용히 숨 쉬던 심폐의 굴곡을 덧칠할 뿐이야.

소리가 커질수록 내가 작아지고 봄볕은 더욱 눈부시게 소리 그물에 그림자를 매기고 있어.

돌이켜 보니 이런 경험이 처음은 아냐.

'시의 현기증'이란 말이 문득 떠올라. 처음 써 보는 표현이지만, 판별 유무를 떠나 언제나 그 안에서 죽거나 살아 있었던 것 같아. 그 현기증을 차단막 삼아 오래전 봤던 흑백영화를 다시 봐. 1960년대 유럽 영화야. 신을 모시면서 신에 대해, 세계에 대해, 자신과 타인, 그리고 사랑에 대해 아무런 확신도 책임도 스스로 짊어질 수 없는 어느 사제의 이야기. 우주와 신의 궁극에 고뇌하던 자를 자신의 몽매와

무지와 욕망과 분열로 자살하게 해 놓고선 여전히 신의 목소리를 사람들에게 알릴 수밖에 없는 자. 강한 햇빛에 들통 난 자신의 어둠을 죽이지 못해 스스로 악의 아가리가 된 자. 그렇게 모반한 선의 거짓 사령, 또는 선악의 뫼비우스 띠를 더 정교히 비트는 밀고자.

하얀 비명, 검은 절규, 그리고 침묵하는 자의 말을 향한 더 깊은 침묵의 조소.

시가 늘 그래왔었지.

세계가 나를 가뒀듯, 내 속에 가둔 세계를 누구에게 덮어씌우고 항변하고 주장하기 위해. 그 주장을 스스로 파기하고 더 큰 침묵 속에서 더 하얀 절규로 어둠의 형태를 망각 또는 양각(陽刻)하기 위해.

옆집 사는 화가 나타샤네 고양이랑 정원에서 마주쳤어. 암갈색 얼룩무늬 털이 풍성하고 조그만 얼굴에 비해 덩치는 크고 행동은 느려터진. 서로 한참 바라봤어. 무슨 꿈을 꾸니, 물어봤어. 무덤이 이렇게 환할 수가 있니, 내 멋대로

웅얼거렸어. 고양이는 눈을 감더군. 빛의 쪼가리로 현존하고 어둠의 입김으로 그 빛의 여울이 되는 거야,라고 중얼거렸어. 시는 무슨 붓 끝에 묻어 딱딱하게 굳은 물감의 본성 같은 거 아닐까 싶어. 아무리 비벼도 그 어떤 색도 형태도 나오지 않는, 그저 한때 작렬하다가 말라붙은 시간의 완고한 응결체 같은 것. 부러 손대면 짓무르고 부서져 누군가에게 흉터 또는 얼룩이 되고 마는 지리멸렬의 흉기이자 장신구. 영원히 고뇌케 하면서도 기쁨엔 방관하고 고통엔 입열지 않는 신의 크고도 보이지 않는, 거대 석상의 주둥이를 닮은 자애의 통로.

문득 파리가 날아.

그 목소릴, 살아 있다고 외치는 그 분명한 절규를, 모든 흑백의 가장 높은 첨탑에서 울리는 종소리인 양, 들은 것 같아. 옴마니팟메훔.

하양의 자서전

박혜진(문학평론가)

흰색으로부터 하양으로

검은색은 색채가 아니다. 그것은 빛의 스펙트럼에 나타나지 않는다. 검은색은 차라리 빛의 부재다. 없음이고 부정이다. 검은색의 반대편에 자리하며 검은색과 '대립'하는 흰색이라면 어떨까. 흰색 역시 색채가 아니다. 그것은 복합적인 결과로서 하나의 조합물이다. 빛이 희다는 것은 모든 색채가 섞여 어떤 색도 그 자신으로 구별되지 않는 상태를 이르는 말이기도 한 것이다. 검은색이 모든 색의 결여라면 흰색은 모든 색의 결합이다. 알랭 바디우가 "총합의 유령"*

* 알랭 바디우, 박성훈 옮김, 『검은색』(민음사, 2020), 45쪽.

이라 불렀던 흰색은 존재하는 것들이 무질서한 혼합에 이르러 경계를 무화시키고 무화된 경계 위에서 형용할 수 없는 형태로 나타나는 사태다. 눈의 영역에 속하지 않는 색채이자 이미지로 파악되지 않는 감각. 우리는 이제 흰색을 빼고 흰색에 대해 말할 수 있게 되었다. 강정의 '하양'을 통과했기 때문이다. 그의 하양이 넘어선 것은 하나의 색채만이 아니다. 하나의 상식이자 오래된 습성, 말하자면 역사이기도 하다.

"검은색은 색채의 무이며, 하얀색은 색채의 전체"*라고할 때 바디우가 발견한 것은 '무'이든 '전체'이든 "두 항 모두 가시 세계의 다양한 풍미를 구성하는 무언가를 무화한다는 점"이었다. 그는 『맥베스』의 검은 마녀들과 안데르센의 눈의 여왕이 같은 세계에 속한다고 주장했다. 부재로서의 무와 전체로서의 무가 모두 '무'라는 점에 있어서는 구분되지 않거나 적어도 구분될 필요가 없다고 생각한 것이다. 검은색과 하얀색은 극과 극에 위치하지만 무의 관점에서 바라보면 한자리에서 같은 개념을 공유하는 동일어이기도 하다. 부재와 전체를 구분하지 않는 인식 체계는 검은색과 흰색을 이미지로부터 해방시킨다. 이때의 해방이란 색채를 그 자신의 이름으로부터 벗어나게 하는 것이기도 하고, 그럼으로써 언어적 경계 안에서 구획되어 있는 경직들을

* 같은 책, 45쪽.

풀어헤치는 것이기도 하다. '유령'으로서의 흰색, 풀어헤쳐진 흰색은 '전체로서의 부재', '모든 것으로서의 무'를 드러내는 상징적 개념이자 비유적 언어로 작동하기 시작한다.

'시인의 말'에서 시인은 독자들이 장차 이 시집을 읽으며 경험하게 될 흰색에 대한 일말의 단서를 제공하는 의미 있는 코멘트를 심어 두었다. 이는 색채에 대한 꽤 흥미로운 전환이자 선언이다. 시인은 동굴 속에서 백호 한 마리를 보았다고 진술한다. 그러나 그것이 동굴이었거나 백호였을 가능성은 뒤로한 채 분명한 것은 다만 "울음소리"였다고 전진함으로써 동굴과 백호를 동굴이라는 이미지와 백호라는 이미지에서 분리시킨다. 어둠이었던 동굴은 검은색으로부터 벗어나 울림의 공간이 되고 백호 역시 백색으로부터 벗어나 포효하는 소리의 주체가 된다. 이제 검은색이 어둠의 대리자가 아닌 것과 마찬가지로 흰색도 빛의 대리자가 아니다. 검은색과 흰색은 눈의 영역에서 벗어나 귀의 영역으로 이동한다. 흰색이 결여된 동굴과 검은색이 결여된 백호는 소리의 세계에서 공존하며 뒤섞인다. 모두 있고 아무것도 없다. '전체로서의 무'를 보여 준다. 검은색과 흰색의 변증법을 통해 새로운 사태에 도달할 가능성을 예언하고 있는 시집 『커다란 하양으로』는 가능한 모든 흰색을 검토하며 "총합의 유령"을 간파한다. 흰색에서 추출된 하양으로 색채 없는 색채론을 쓴다.

색깔의 상징성을 파악하기 위해서라면 그 색깔이 깃발

위에서 갖는 의미를 살펴보라는 말이 있다. 백기 투항. 흰색 깃발은 시대와 장소를 가리지 않고 항복과 굴복을 의미해 왔다. 전쟁을 겪은 모든 국가와 문명에서 흰색 깃발은 상대를 향한 굴복의 의미로 사용되었다. 패배를 인정하는 의미로서의 흰색은 한편으로 순결함의 상징으로 쓰이기도 했으며 한 발 더 나아가 범접할 수 없는 숭고함과 고귀함을 뜻하기도 한다. 가톨릭 사제들은 검은색 의복을 입지만 가장 높은 곳에 있는 교황은 하얀색 옷을 입는다. 그 사이 붉은 옷을 입은 추기경이 있고 기층과 최상층 사이에 보라색 옷을 입는 주교가 있다. "중요한 색깔의 순서는 검은색, 보라색, 붉은색 그리고 하얀색이다. 노란색과 파란색은 광대들의 의복에 넘겨질 것이며, 그것들의 혼합이라는 미심쩍은 특권은 샐러드에 맡겨질 것이다. 녹색은 신의 것이 아니라 자연의 것이다."* 항복과 패배를 의미하는 흰색이 지상의 흰색이라면 특권적 자리를 나타내는 흰색은 천상의 흰색이다. 이미지에서 벗어난 흰색은 커다란 세계로 규정된다. "불빛이 칼날로 변하는 심장"에서 붉은색이 이미지이기를 멈추고 죽음을 기다리는 시간으로 행동하기 시작하는 것처럼. 눈에서 탈주한 흰색, 즉 하양이 가장 먼저 도착한 곳은 '전체'라는 세계다.

* 같은 책, 67쪽.

반복체, 반사체, 투명체: 전체로서의 하양

전체라는 추상적인 개념을 구성하고 있는 개별적 구조가 반복과 반사, 그리고 투명일 수 있다는 걸 이 시집을 읽으며 알게 되었다. 반복을 통해 양적 동일성을 담보하고 반사를 통해 질적 동일성을 담보하며 투명을 통해 전복을 필요로 하지 않는 단일체로서의 세계에 도달할 때 전체라는 상상은 파악할 수 있는 실재적 개념이 된다. 그렇다면 이렇게 말하는 것도 가능하겠다. 전체는 반복과 반사와 투명이라는 속성을 내포하고 있으며 그 역이 성립할 때 전체를 규정할 수 있다고. 이때 반복과 반사와 투명은 흰색의 동사로 기능한다. 동사의 주체이자 목적어는 '나'라고 할 수 있다. '나'가 기술되고 인식되는 첫 번째 방식은 '무한 반복체'로서의 '나'이다. 이른바 '나의 나'는 '나'가 '나'와 맺고 있는 관계가 공존하되 불가능의 형식으로 함께하는 모순적인 상태를 드러낸다. 무수한 반복체로 들끓으며 증식되는 '나'는 "불의 비"와도 같아서 어느 한쪽이 다른 한쪽을 소멸시키고야마는 모순적 관계이기도 하다.

모순은 공허의 형식이자 구조다. 모순에는 공허가 따르고 공허는 모순을 전제한다. 모순을 내제한 반복체는 반사를 통해 공허를 확정한다. "나는 그저 떠도는 눈의 반사체들"이며 "반사체들일 뿐 나 자신인 적 한 번도 없었다"(「눈물의 모서리」)라고 진술하는 '나'에게는 반복되고 반사되는 가운데 증식되는 '나'와의 사이에서 형성되는 '나'들이라는 전체와 그 가운데 어떤 것도 모든 '나'들의 '나'라고 말하지 못하는 데에서 오는 원본 없는 세계의 공허가 있다. 화자는 "내 몸이 나를 찔러화인으로 남은 물의 붉은 재"(같은 시)라고 말하거니와 수많은 '나'들로 분화되어 있는 가운데 어떤 것에서도 진정한 '나'를 발견하지 못한다. 반사체들이 만들어 내는 공허한 공간은 눈물이라는 공간으로 형상화된다. 모서리는 각 면의 경계를 이루는 공간이다. 눈물의 모서리는 눈물의 경계면이다. 눈물의 경계면은 공간을 증식함으로써 눈물에 서로 다른 슬픔을 새겨 넣는다. 눈물은 하나로 흐르지 않고 제각각 흐르며 서로 다른 슬픔을 공존시킨다.

반복과 반사가 양적인 의미이기만 하다면, 요컨대 따분한 증식이기만 하다면, 원본 없는 '나'에 대한 고민을 드러내는 기존의 많은 시들과 이 시집에 수록된 시편들 사이에 차별화된 세계는 드러나지 않는다고 해야 할 것이다. 관건은 이 사이에서 발생하는 위계다. "창밖에 비친 내가/ 창 안에 잠은 나를 겁간해 내가 여럿이 되었다"(「유리 전차」)는 진술에 다다르면 '나'라는 반복체이자 반사체가 존재하는 방식이 비단 모순 속의 '공존'이 아니라 폭력에 의한 '진압'이자 강제적인 '통합'이기도 하다는 것을 알 수 있다. 창밖에 비친 '나'와 창 안에 잠든 '나'의 대치 속에서 압도적 우위를 차지하며 다른 쪽을 약탈하는 것은 창밖에 비친 '나'

다. 바깥의 '나'와 안쪽의 '나' 사이에서 발생하고 있는 지배와 피지배 관계에서 바깥의 '나'가 지배자가 되었다는 것은 역광의 존재 방식을 보여 준다. 역광은 빛을 보고 촬영하기 때문에 피사체에 그림자가 드리워지는 촬영 방식이다. 따라서 역광으로 촬영하면 피사체가 잘 드러나지 않는다. 역광은 빛을 정면으로 보는 탓에 빛이 피사체를 압도해 어둠이 내려앉는 결과를 만든다. 빛이 원인이고 어둠이 결과다. 나의 바깥에 있는 존재가 나 자신을 덮는다. 빛은 바깥에 있고 어둠은 안에 있다. 빛과 어둠은 '나'에게서 하나가된다.

> 창밖이 불현듯 안쪽으로 뒤집혀 내가 나의 바깥이로구나
>
> 방 안에서 아직도 창밖을 보며
> 반 박자 늦춰 내 음조를 따라하는 저 사람의 죽음을
> 나는 아마 죽어서까지 노래할지도 모를 일
> ─「까마귀 따라」에서

'나의 나'로 집약되는 정체성 테마에 대한 시들은 유리관이나 창문처럼 투명함을 본질로 하는 사물을 통해 표현되고 있다. 투명하기 때문에 가려지지 않고 모든 것이 다 보여질 수 있다. 투명함은 감춤을 허락하지 않는다. 투명한 창문으로 인해 창밖에서는 창 안에서 벌어지고 있는 상

황들 들여다볼 수 있고 창 이쪽에서는 저쪽을 알 수 있다. 창문을 경계로 안과 밖은 내통된다. 흰색은 투명함과 전혀 다르지만 전제로서의 흰색은 투명함이라는 물질을 전유해 전체를 표상하는 개념이 된다. 이로써 투명의 의미 역시 색이 존재하지 않음으로써 모든 존재를 있는 그대로 보여 주는 결여를 통해 전체를 의미하게 된다. 투명함은 '나'의 존재 방식이기도 하다. 흰색은 '나'들이 경계 없이 뒤섞여 있는 전체를 상징한다. 이생과 저생을 구분 짓지 않는 "유리 혈관"으로서의 흰색이야말로 "커다란 하양"이고 생의 전면이다. "빛을 가득 끌어안으며 물속에서 물 바깥을 그리며 바깥은 안이 되고 안은 바깥이 된다. 어둠은 빛을 끌어안고 빛은 어둠으로 들어가며 전체가 된다.

표백, 박멸, 창백: 사라짐으로서의 하양

'반복하다', '반사하다', '투명하다'를 두고 전체의 속성이자 구조라고 할 수 있다면 부재의 속성이자 구조는 '표백하다', '박멸하다', '창백하다'라고 할 수 있겠다. 흰색은 모든 것이 공존하는 색채인 한편 사라지는 상태이기도 하다. 사라짐으로서의 흰색은 앞선 세 가지 방식을 통해 자신의 존재를 규정한다. 먼저 창백함. 핏기 없음의 의미를 띤다. 생명성과 반대되는 죽음의 이미지로서의 흰색이기도 하다. 표백과 박멸, 그리고 창백은 색을 제거함으로써 색이 없는 상태에 이르렀다는 점에서 죽음을 환기한다. 흰색은 죽음을 실감나게 만드는 색깔이다. "수직과 수평의 결합이 거대한 원의 기준선으로 늘 지워질 뿐이라는 사실"(「그림자 교회」)을 "아직 아무에게도 알리지 않"았던 것은 "몸이라는 웅대한 거짓말"(「오 초의 장식」)에 의해 가리워져 있던 진실이다. "담배를 물고 한강변에 앉아 수평선 끄트머리가/ 노을로 번져 피로 스미는 소릴 들"(「수평선 너머」)을 때 진실은 다시 한번 출몰한다. 수평은 노을이라는 시간으로, 시간은 피라는 "생애의 통점으로" 떠오르며 사라짐이 나타난다.

　「지우개로 지은 집」에 이르면 삭제의 행위를 통해 비로소 완전해지는 쓰기의 역설적인 진실을 통해 흰색에 내표된 사라짐의 의미는 한층 진화된다.

　　전하려던 말을 적다가 지우기를 반복하던 날이었다
　　지워진 말이 더 전하려는 뜻인 것 같아
　　아무 말이나 적고
　　아무 말이나 적자마자 아무렇게나 지웠다

　　생각이 지워지고
　　지워진 생각이 다시 글이 되고
　　글이 된 뜻이
　　전하려던 뜻을 전하지 않겠다는 체념이 되어

백지 뒤가 두텁게 열렸다

(중략)

집이 무너지는 속도만큼
나는 더 높게 떠올라
나 자신이 더는 알 수 없는 풍경이 되었다

문을 열고 나가려다가 잠시
돌아본 자의 뒷모습이 평생 동안의 나였다

　　　　　　　　　—「지우개로 지은 집」에서

　지우개는 지우는 행위를 통해 백지의 공간을 확보한다.
지우면 지울수록 존재하던 것은 사라지고 사라진 자리에
는 아직 무엇으로도 규정되지 않은 전체이자 부재의 공
간이 시작된다. 지우는 데에서 사라짐이 비롯되지만 사라
짐에서 다시 나타남이 시작된다는 역설은 물리적 세계만
을 지칭하지 않고 세계를 인식하는 보다 관념적인 차원으
로 도약한다. "집이 무너지는 속도"만큼 떠오름으로써 내
가 "자신이 더는 알 수 없는 풍경"이 된다는 데에서 우리는
생성과 소멸이란 언제나 함께 존재하고 있으며 "돌아본 자
의 뒷모습"이 영원의 속도일 수 있는 데에는 사라지지도 머
무르지도, 전진하지도 후퇴하지도, 앞서가지도 돌아서지도

않은 채 그 모두인 찰나의 순간이 바로 돌아보는 순간이기 때문이라는 사실을 알 수 있다. 돌아보는 순간은 사라짐의 형식을 통해 '무의 시간'에 다다른다. "오 초도 안 되어 보이는 눈썹 팔랑"에서 "오만 오천오백 년 전의 설렘"(「오 초의 장식」)을 발견하는 것도 무의 시간을 말함이다.

인간에게 시간은 언제나 의미로 가는 길이었다. 시간은 과거를 만들고 미래를 만든다. 그리움을 만들고 추억을 만들며 희망과 절망을 만든다. 시간이 없다면 인간은 연속적일 필요가 없고 연속적이지 않으므로 전체 안에서 의미 있는 좌표로 존재하기 위해 스스로 고통스러워할 필요도 없을 것이다. 무의 시간은 시간이 부재가 아니라 과거와 미래로 작동하지 않는 시간을 말한다. 의미를 멈추고 희망과 절망도 멈출 때 인간은 죽음을 현재적으로 인식할 수도 있을 것이다. 다가올 소멸에의 공포가 아니라 사라지는 현재에 대한 실감으로서의 죽음 말이다. "나는 지금 열렬히 죽은 채 오 초마다 꼿꼿하다"고 말할 수 있는 이유는 사라짐이 만들어 내는 무의 시간을 살고 있기 때문이다. 무의 시간, 말하자면 그것은 "고래 한 마리가 태어나고 죽은 시간이 순간을 흔"들 때 발견되는 종류의 시간이다. "살랑은 그저 살랑일 뿐"이지만 이 살랑의 순간에 시간에서 무를 발견한다.

"목탄 가루처럼 사라진 너의 윤곽 그대로/ 죽어 있는 사람들의 얼굴을 살아 있는 오늘의 빛으로 만년살이 물방울 속에 새"(「커다란 하양으로」)길 수 있는 이유 역시 무의 시간에 기대어 있기 때문이다. 무의 시간이야말로 이생과 저생의 경계가 사라진 지대에서 인식할 수 있는 영원의 '러닝 타임'이다. "시계를 보니 방향도 위치도 다 지워진"(「러닝 타임」) 이 세계에서 가늠할 수 있는 것은 방향도 위치도 다 사라진 곳에서 존재하는 시간 위에서 "어제 본 영화가 갑자기 이해되었다"고 말할 수 있는 사건이다. 지나온 곳과 가야할 곳으로서의 방향과 현재 도달한 곳으로서의 위치가 사라진 곳에서 영화가, 비로소 이야기가 생겨난다. 방향과 위치란 타의에 의해 구획된 기준점에 의해 설명되는 사실로서의 '나'일 것이다. 그러므로 방향과 위치 없는 '나'는 사라짐과 함께 나타난 자신에 대한 이해이자 자신이 말하는 자신이다. 사라지자 나타나기 시작했다는 것은 그리 대단할 것도 없는 인생의 이치이지만 사라짐마저도 나타남의 전조가 되는 과정을 통해 하양의 전면과 구분되는 하양의 이면을 보여 준다.

무채론(無彩論)

뉴턴이 『광학』(1704)에서 "빛의 분할로 인하여 생기는 현상"으로 색채를 정의한 이래 많은 철학자들이 뉴턴의 광학에 대항하는 색채론을 주장했다. 대부분 전멸했으나 괴테가 1810년에 발표한 『색채론』만은 패배에도 불구하고 여전히 의미 있는 생각으로 수용되고 있는 것 같다. 물질적인 인식 대상으로서만 색채를 규정하던 뉴턴의 이론을 마음에 들어 하지 않았던 괴테는 색채를 "눈의 감각적인 현상"으로 규정했다. 눈을 매개로 한 자연 관찰과 경험을 바탕으로 이루어진 괴테의 색채론은 색채란 빛과 눈 사이의 상호 작용에서 생겨난 것이며, 특히 색이 생리적, 물리적, 화학적 특성 외에도 감성을 가지며 대중이 알아차릴 수 있는 상징성을 내포한다는 점을 강조했다. 괴테에게 색은 객관적 대상물로서의 세계가 아니라 세계를 인식하는 정신의 작용에 의한 결과이기도 했다. 괴테는 빛과 색을 별과 별자리처럼 인식했다. 색채를 정의하는 데 매질, 즉 인간과의 상호 작용이라는 이야기를 넣었기 때문이다.

괴테의 색채론으로부터 영향받은 헤겔은 색채를 "빛과 어둠의 단일태"로 파악했다. 빛과 어둠의 결합을 통해 색채가 생성된다고 생각한 그는 어둠을 빛의 결여태로 보지 않고 그 실재성을 인정했다. 즉 빛과 어둠의 대립과 합일에 의해 색채가 산출된다고 생각했다. 뉴턴 이후의 색채론이 뉴턴의 생각에 대한 패배의 역사임은 더 말할 것도 없다. 그러나 이들의 색채론이 지금까지도 사라지지 않고 이어지는 이유는 그 세계관이 여전히 유효하게 작동하기 때문이다. 그들의 색채론은 물질적이고 환원주의적인 사고방식에 대한 대안적 가치관으로서 인식된다는 점에서 현대적이다. 세계에 이미 존재하는 것이 파악될 뿐이라고 보는 것이 아니라 그 과정에 인간이라는 변수를 유효한 조건으로 삽입한다. 이들의 색채론은 세계를 인식하는 방식에 있어 인간 정신의 작용과 그 작용의 의미를 정의하려는 의지이자 태도를 이르는 말에 다름 아니다.

강정은 과학적 말하기를 부정하지 않는다는 점에서 더 이상 색채론에 의문을 제기하지는 않는다. 그러나 그는 완전히 다른 색채론을 통해 이전의 색채론을 전복한다. 각각이 구분되며 상호 관계를 드러내는 색채가 아니라 전혀 다른 색채를 하나로 연결하는 방식을 취하고 있기 때문이다. "하얀 비명, 검은 절규, 그리고 침묵하는 자의 말을 향한 더 깊은 침묵의 조소"(「무채」)로 대표되는 강정의 이번 시집은 너무 많은 흰색과 박탈된 흰색, 그 사이에서 만들어지는 침묵의 색들로 구성된 무채의 세계다. 무채색에 해당하는 색은 색상이나 채도 없이 명도의 차이만 있다는 점에서 차라리 하나의 색이다. 무채가 전체를 인식하기 위한 형식으로 쓰이는 이유이기도 하다. "안구 안쪽의 세계와/ 홍채 바깥 풍경 사이에 내가 존재하지 않는 건지도" 모른다는 생각은 그의 색채가 명도와 순도만으로 구성되어 있는 무채의 조건을 암시하는 내용이기도 하다. 안과 밖의 경계에 위치하지 않는 '나'는 사이에 존재하는 인식의 매개를 부정함으로써 전체라는 이상을 실현한다.

무채색의 그림이나 유사한 예술 작품들에서 명암이 잘 조

절되었을 때 우리가 느끼는 특별한 쾌적함은 무엇보다도 전체를 동시에 지각하는 데서 생겨나는 것 같다. 여타의 경우에 전체는 저절로 생겨나는 것이라기보다는 오히려 연속적으로 추구되는 것이며, 간혹 생겨난다 하더라도 결코 고정될 수는 없는 것이다.*

이제 우리는 강정의 시를 가리켜 무채의 언어라 할 수 있으며 무채가 그의 계통이라 말할 수도 있겠다. 어둠을 통해서만 볼 수 있는 것이 있는 것처럼 무채를 통해서만 볼 수 있는 색이 있다. 너무 많은 색깔을 인식하기 위해 색채는 무채를 필요로 한다. 흰색을 잊고 흰색을 말하는 이 시집을, 흰색에 대해 말하지 않으며 흰색에 대해 말하는 이 시집을, 우리는 차라리 하양의 자서전이라 불러야 하지 않을까. 존재했다는 '사실'이 아니라 살아갔다는 '이야기'라는 의미에서 자서전이며, 다른 모든 색과 모순적으로 공존하며 사라지는 동시에 나타나는 무질서와 교란의 현장이라는 점에서 또한 자서전이다. 오랜 시간 동안 언어의 지층을 맡아 왔던 흰색으로부터 우리 자신을 해방시켜 주었다는 점에서도 자서전이다. 자서전은 세상의 나를 나의 세상으로 전환하는 글쓰기다. "총합의 유령"을 장악하는 신비로운 힘이자 "모든 색의 결합"을 바라보는 너머의 시선. 우리

* 괴테, 장희창 옮김, 『색채론』(민음사, 2003) 1장

는 『커다란 하양으로』를 가리켜 어떤 색도 빠져 나가지 못하는 철의 그물망을 들고 세상을 관찰하는 한 무채론자가 색채에 대고 이루어 낸 전복적인 색상환이자 성공한 반란이라 불러도 좋을 것이다.

지은이   강정

1971년 부산에서 태어났다. 1992년 《현대시세계》로 등단했다. 『그
리고 나는 눈먼 자가 되었다』 『처형극장』 『키스』 『백치의 산수』 등
8권의 시집과 『그저 울 수 있을 때 울고 싶을 뿐이다』 『콤마, 씨』 등
5권의 산문집이 있다. 록 밴드 '엘리펀트 슬리브'의 리드 보컬이다.

커다란 하양으로

1판 1쇄 찍음 2021년 8월 13일
1판 1쇄 펴냄 2021년 8월 27일

지은이 강정
발행인 박근섭, 박상준
펴낸곳 ㈜민음사

출판등록 1966. 5.19. (제16-490호)
서울특별시 강남구 도산대로1길 62(신사동)
강남출판문화센터 5층 (06027)
대표전화 515-2000 / 팩시밀리 515-2007
www.minumsa.com

ISBN 978-89-374-0907-3 04810
     978-89-374-0802-1 (세트)

민음의 시

민음의 시
목록